AF281666

MAX ADAM

Die Weihnachtshütte

Kriminalroman

Dieses Buch ist als >>Book on Demand<< über Digitaldrucktechnologie hergestellt worden und sowohl über den klassischen Buchhandel als auch über Internet-Buchhandlungen zu beziehen.

Für sein innovatives Technologiekonzept >>Libri Books on Demand<< erhielt der Hamburger Buchgrossist Libri, der dieses Buch gedruckt hat, den Smithsonian Award 1999 in der Kategorie >>Manufacturing<<.

Weil Books on Demand elektronisch gespeichert und erst auf Bestellung gedruckt werden, sind sie nie vergriffen.

MaxText, Berlin
© 2000 Dr. Gerd Müller
Alle Rechte vorbehalten
Umschlaggestaltung, Layout: Dr. Gerd Müller
Herstellung: **Books on Demand GmbH**
Printed in Germany

ISBN 3-8311-1295-9

24. Dezember

Die beiden Wagen kommen auf dem Platz vor der Kirche des kleinen Ortes zum Stehen. Die Fenster des Gotteshauses sind schwach beleuchtet, drinnen wird Orgel gespielt. Abgesehen von einem völlig eingeschneiten, uralten Skoda und einem großen Hänger mit fassförmigem Aufbau sind die beiden Fahrzeuge aus Deutschland die einzigen Autos weit und breit. Der kaminrote Landrover und der dunkelblaue BMW mit dem Ski-Gepäck auf dem Dach bilden einen auffälligen Kontrast zu den eher ärmlichen Häusern, die den fast menschenleeren Dorfplatz säumen.

"Heilig Abend echt mal anders, stimmt's, Matze? Irre, was wir draufhaben, findest du nicht? Und hast du die Tankstelle vorhin gesehen?" fragt der Dunkelblonde und klettert aus seinem BMW. Er ist Ende zwanzig, groß und von kräftiger, fast schon athletischer Gestalt.

"Original", nickt der Strohblonde, der in diesem Moment dem zweiten Wagen entstiegen ist und nun mit den Stiefelspitzen den Halt der Schneeketten an seinem Gefährt überprüft. Er ist kaum kleiner von Wuchs, trägt Bürstenschnitt und eine verspiegelte Sonnenbrille. "Sind so etwa zehn Kilometer von hier – müssen wir uns für die Rückfahrt merken."

"Der Name stimmt von dem Ort. Ich hab das eben auf dem Zettel verglichen. Diesmal haben wir voll nichts verwechselt, das heißt, wir sind total richtig, Matze", sagt der Größere und lockert seine Verspannung, indem er mit den Schultern rollt.

Matze, der eigentlich Matthias heißt, breitet eine Landkarte auf dem Kühler seines Landrovers aus, vertieft sich kurz in diese und nickt. "Alles bestens, Sveni. Wurde ja auch Zeit", sagt er und lässt eine überdimensionale Armbanduhr unter dem Ärmel seines großmaschigen Pullovers hervorrutschen. "Jetzt bin ich allerdings gespannt, wie's weitergeht."

Sven wendet sich um und nickt hinüber zu dem BMW, aus dem er gestiegen ist. "Alles roger, Iris", ruft er laut.

Hinter der Frontscheibe bewegt sich etwas, dann wird die Beifahrertür geöffnet. Eine junge Frau steckt ungläubig ihren ovalen Kopf heraus. Sie trägt langes, zum Pferdeschwanz gebundenes, blauschwarzes Haar. "Wirklich? Ich kann's noch gar nicht glauben."

"Kein Zweifel, hier isses, stimmt's, Matze?"

Iris ist Mitte zwanzig, mittelgroß und mittelhübsch. Sie verlässt, ohne eine Bestätigung abzuwarten, nun ebenfalls den Wagen und begibt sich winkend zu dem Landrover. "Kora, komm raus, wir haben es geschafft", sagt sie und hopst ein wenig auf der Stelle.

Die vierte Person lässt sich entweder noch Zeit oder spielt Lady. Kora steigt zeitlupenhaft langsam aus, wendet den Kopf erst in die eine, dann in die andere Richtung, ohne ein Wort zu sagen. Ihre großen, katzenhaften Augen verengen sich zu zwei schmalen Schlitzen. Mit den Fingern fährt sie, als gäbe es da etwas zu ordnen, durch die Kurzhaarfrisur.

Sie schaut niemanden an.

"Willkommen im Winter, mein Schneckchen", sagt Matthias, ihr Begleiter.

Kora ist ganz ohne Zweifel überdurchschnittlich attraktiv. Und es ist ihr anzusehen, dass sie dies weiß und genießt. Ignorant wirft sie den Kopf in den Nacken und gleitet, ohne ein Wort zu sagen, zurück in den Landrover.

Matthias zuckt mit den Schultern und winkt ab. "Die wird bald wieder", sagt er vertraulich zu Sven. "Und falls nicht, kommt der Weihnachtsmann heut Abend aber ganz, ganz doll mit der Rute", scherzt er hintergründig.

Sven grinst. "Weiber eben", kommentiert er lässig und fängt dafür einen strafenden Blick von Iris, seiner Frau.

"Wir sehn uns mal ein wenig um, Sveni, vielleicht ist der Wirt hier irgendwo", sagt Matze.

Iris steigt zu Kora in den Wagen.

"Muss er ja", nickt Sven. "War ja so vereinbart. Ich vermute, wir finden ihn im Wirtshaus, den Wirt."

"Siehst du irgendwo eins?"

Etwa hundert Meter weiter sind ein paar Kinder zu sehen, die, warm angezogen, mit Stöcken einen kleinen Ball vor sich her durch den Schnee treiben. Fast wie zufällig nähern sie sich.

"Ob wir die mal fragen, Matze?" schlägt Sven vor.

"Hab keinen Bock, mich anbetteln zu lassen", gibt Matthias zurück. "Außerdem hab ich kein Leckerli für die dabei – an so einem Tag erwarten die Gören Geschenke, schließlich ist Weihnachten. Glaube übrigens kaum, dass die hier richtig deutsch verstehen. Oder kriegst du vielleicht den Namen von unserem Wirt über die Zunge?"

Sven geht zurück zu seinem BWM und holt ein mehrfach gefaltetes Papier heraus. "Vorne ein Ha, dann fast nur noch E's und Zett's und C's mit so Häkchen drüber."

"Sag ich ja. Man muss hier schon geboren sein, um diesen Quatsch aussprechen zu können."

"Nachmittag immer volle Stunde – steht hier noch. Also sind wir zehn Minuten zu spät gekommen."

"Oder fünfzig zu früh", meint Matze und lacht. "Kann man ja immer so rum oder anders rum sehen, musste dir merken, mein Alter. Habt ihr noch Kaffee?"

"Klar doch, Matze, was denkst du denn", antwortet Sven und holt eine Thermoskanne aus dem Wagen. "Jetzt kriegen wir ja sicher bald was angeboten, so zur Begrüßung, denk ich, was? Haben wir eigentlich Vollpension oder was hat das Mädchen gesagt?"

"Wollte Kora vorhin auch schon wissen", weicht Matze aus. "Ich hab jedenfalls reichlich Bares dabei – sicherheitshalber. Oder siehst du hier irgendwo Geldautomaten?"

"Nee, Matze, kaum anzunehmen", gibt Sven ihm recht und holt zu einem Tritt aus, um den kleinen Ball, der wie zufällig bei ihnen gelandet ist, zu den Kindern zurückzuschießen. "Ich Kliensmann", ruft er ihnen zu, nachdem er abgedrückt hat.

"Und ich Weihnachtsmann", macht sich hinter ihnen eine männliche Stimme bemerkbar und lacht. "Wirklich aber ich heiß Vaclav und habe nicht Gaben, aber Pferd und Schlitten hab ich auch."

Sven und Matze schauen sich erschrocken um, setzen dann

aber ein freundliches Lächeln auf. Der da steht, ist mittelgroß und in einem schwer bestimmbaren Alter jenseits der sechzig. Er trägt eine dicke, hellbraune Fellmütze und einen schweren, schwarzen Mantel, wulstige Hosen und gefütterte Stiefel. Kinn und Wangen sind nicht sehr gründlich rasiert, das Gebiß weist Lücken auf.

"Frohe Weihnachten wünsch ich also. Ihr seid Deutschen, wie meine Enkelin hat geschrieben, ich denke, ja?" fragt Vaclav und lächelt.

"Und Sie sind der Baudenwirt", meint Matze erfreut.

"Bin der Vaclav, aber spreche nicht gut deutsch. Nur wenig von früher. Kenne nicht Wort Bau-den-wirt."

"Du Wirt von der Baude, also von Hotel oder Pension, wo wir wohnen", erklärt Sven.

"Verstehe, also die Hütte", nickt Vaclav zufrieden. "Frauen sind noch im Auto?" fragt er und blinzelt neugierig hinüber zum Rover. "Alle müssen aussteigen. Auto geht nicht hoch zu Berge, rutscht weg, ich hab Schlitten nicht weit."

Eine gute halbe Stunde später ist das Gepäck aus beiden Wagen mehr schlecht als recht auf einem Pferdeschlitten verstaut. Da der Platz nicht ganz ausreicht, müssen die Männer je eine Reisetasche auf den Schoß nehmen. Unter den Füßen der Urlauber liegen quer zwei paar Ski und ein Snowboard, so dass sich die Fahrt, ganz abgesehen von der Temperatur, die zum Nachmittag empfindlich abgefallen ist, nicht sonderlich gemütlich anlässt.

Nur Kora, die ganz zuletzt, und ohne zuvor beim Umladen des Gepäckes geholfen zu haben, aus dem Auto gestiegen ist, sitzt vorn auf dem Kutschbock einigermaßen bequem.

Vaclav hat ihr seine Decke über die Beine gelegt und wird mit einem in freundlichster Tonlage geführten Gespräch dafür belohnt.

"Fahren wir nicht durch Ort, gleich hoch zu Berge", erklärt der Alte und lässt ein kussartiges Schnalzen hören, auf das die zwei stämmigen Pferde mit einem kurzen Ruck und einer nun schnelleren Gangart reagieren.

"Bis ganz da oben?" fragt Kora ungläubig und zeigt mit dem Finger zu einem Berggipfel, der von tiefhängenden Wolken verschleiert wird.

"Nein, nein", lacht der Alte herzhaft und schlägt sich auf den Schenkel. "Bist wohl verrückt, Mädchen. Wir sind doch nicht Alpinist oder Ziegen, wie bitte? Hütte kann man nicht sehen von hier unten, ist gut versteckt, gottlob, aber keine Angst, wir müssen nur halb zu Berge."

"Ist das nicht eine herrliche Landschaft", bewundert Kora den Ausblick, als der Schlitten, schon deutlich über der Ortschaft, einen an dieser Stelle unbewaldeten Bergweg nimmt. "Sind Sie hier aufgewachsen, Vaclav?"

"Ja", antwortet Vaclav knapp. "Wir kommen später noch an Dorf vorbei, wo ich geboren." Sein Gesicht verdüstert sich, als er das sagt.

Die drei anderen Urlauber ignorieren jetzt ihrerseits Kora. Matthias lässt eine kleine Flasche Kräuterlikör herumgehen, die er in der Ortschaft gleich hinter der Grenze billig gekauft hat. "Brrr", schnauft er und atmet kräftig durch, so dass sich ein kleine Wolke feinen Nebels vor seinem Mund bildet, "das Zeug heizt ganz schön ein, was?"

"Ein warmer, urgemütlicher Schluck ist das", präzisiert Sven und reicht das hochprozentige Getränk seiner Frau.

"Ich glaube, unser ganzer Urlaub wird eine sehr gemütliche Sache werden", meint Iris. "Berghütte, Stille, Natur mal pur. Abends dann ein schönes Feuerchen im Kamin und reichlich Glühwein – Prost!"

"Das ist original die Einstellung, die mir gefällt", sagt Matze und zwinkert ihr zu. "Eine Woche mal so richtig ausspannen von der ganzen Hektik, das bringt es doch. Und nicht irgend 'ne Pauschalreise mit dem ganzen Schnulli und Krach im Hotel und kindischer Animation von früh bis abends ..."

"... und nervenden Engländern ..."

"... und trinkgeldgeilen Mufties ..."

Iris lacht. "Sag du doch auch mal was, Svenilein", fordert sie ihren Mann auf.

"Ihr habt ja schon alles gesagt, und ich bin absolut dieser Meinung. Erholung satt und saubere Luft. Außerdem möchte ich endlich Ski laufen. Und zwar ohne so einen arroganten Skilehrer, der alles besser weiß. Bin sportlich genug, mir das selber beizubringen, schätze ich mal. Hast du nicht gesagt, Matze, dein Vater hätte hier auch das Skilaufen gelernt?" fragt Sven.

"Na, daher kenn ich doch die Gegend. Also nicht, dass ich selber schon hier gewesen wäre – nee, nur von den ollen Feldpostbriefen meines alten Herrn, da waren auch so Fotos bei von den Beskiden im Hintergrund, und er in Uniform und auf Brettern. Schade, dass ich die Bilder vergessen habe, da hätte man mal schön vergleichen können."

"Ja, Mädchen, ist schon alt, die Hütte", sagt Vaclav zu Kora. "Aber keine Angst, nichts ist kaputt. Strom ist von Diesel,

Heizung arbeitet und Fenster auch dicht. Nur kommt nicht Wasser aus der Wand. Wasser kommt aus Bach, aber weil gefroren, man nimmt besser Schnee – nie Problem, immer sauber."

"Das ist sehr praktisch, und romantisch ist es auch", meint Kora und lächelt dem Alten verträumt ins Gesicht.

"Als dies Mädchen von der Berghütte erzählt hat, da bin ich gleich hellhörig geworden, stimmt's, Kora? Ich hab dir sofort davon erzählt", versucht Matthias ins Gespräch zu kommen.

Kora ignoriert die Bemerkung ihres Freundes und erkundigt sich beim Kutscher nach Einkaufsmöglichkeiten in der Nähe.

"Dann eben nicht", sagt Matze beleidigt, und wieder zu Sven und Iris gewandt: "Also, ich wie gesagt gleich aufgehorcht bei diesem Angebot, denn von den Beskiden, da hatte ja mein alter Herr schon früher immer geschwärmt. Hier hat er Ski laufen gelernt und überhaupt 'ne starke Zeit gehabt, hat er erzählt. Da hab ich gesagt, Kora, ich geh noch mal hin zu der Kleinen, und ich frag sie, was der Spaß kosten soll, wie viele da unterkommen können, und, ob noch frei ist von Weihnachten bis Neujahr. Na, und dann habe ich ja gleich an euch beide gedacht, was. Ihr habt es ja nicht so dicke momentan, aber mal ein erholsamen Urlaub, den könnt ihr auch brauchen, was, Sveni?"

Sven nickt dankbar und gönnt sich noch einen zusätzlichen Schluck aus der Flasche, bevor er sie weiterreicht.

"Ist Proviant für Feiertage genug, habe hochgeschafft schon gestern", erklärt Vaclav. "Viel gutes Essen, auch schönes Fleisch, Gans und roten Kohl. Gleich Sonnabend, wenn man kann kaufen, Vaclav bringt noch anderes, was ihr wollt. Sag mir, Mädchen, was du willst haben, Vaclav bringt alles in Hütte. Alle Jahre sind gewesen nur Gäste von hier. Solche Leute, ich kenne gut, und Leute von Leuten, ich kenne gut. Waren immer zufrieden in Hütte, weil sie waren glücklich. Wenn man hat Wunsch, wird alles wahr. Habe ich nicht Geld verlangt dafür. Aber Lubica, was meine Enkelin, die braucht Geld sehr nötig. Lubica studiert erst in Bratislava, aber dann in Berlin. Berlin zu teuer. Habe ich geschrieben Brief, Lubica soll die Hütte anbieten für Urlaub, kann sie Geld behalten. Ich habe nicht Geld für sie, um zu schicken. Gut?"

"Eine gute Idee", pflichtet Kora ihm bei. "Wir helfen gern, wenn wir können. Deine Tochter hat sich bestimmt gefreut über das Geld, glaub ich."

Die Pferde haben den Schlitten durch einen Wald gezogen und laufen nun wieder auf dem Weg, der zwischen kleineren Felsen, hin und wieder aber auch dicht an tiefen Schluchten vorbeiführt. Ab und an lässt der Kutscher jenes schnalzende Geräusch vernehmen, mit dem er die kräftigen Braunen vor dem Einschlafen bewahrt.

Nach einer halben Stunde Fahrt haben die Urlauber bereits eine Vorstellung von der Landschaft, in der sie die nächsten Tage verbringen wollen, nur die Höhe stimmt noch nicht.

"He, ihr Stiesel da hinten, krieg ich vielleicht auch mal was ab von dem Gesöff?" wendet sich Kora um, als ihr und dem Alten der Gesprächsstoff ausgegangen ist.

"Aha, na endlich", sagt Matze. "Biste wieder normal, redeste wieder mit solchen wie uns?"

"Tut mir leid", sagt Sven, "ist leider leer."

"Ich hatte dir doch eine gute Flasche Kognak geschenkt, wo ist denn die?" fragt Kora fordernd.

"Das war original mein Weihnachtsgeschenk. Das kannste nicht einfach zurückhaben wollen – wo gibt's denn so was? Ist außerdem gut verpackt, da komm ich jetzt nicht ran", wehrt Matthias ab.

Sichtlich beleidigt schmiegt sich Kora an Vaclav. "Die haben Tatsache alles ausgetrunken, diese Verbrecher. Hast du was zu trinken für die kleine Kora?"

"Ja, sicher", sagt der Alte. "Oben ist roter Wein, schmeckt sehr gut. Gibst du nichts ab, trinkst du auch alleine."

"Ihr habt es gehört", wendet sich Kora nach hinten. "Wer was von dem Wein haben will, muss sich mit mir gut stellen. Und du, Matthias Stein, bekommst nichts ab, damit du schon mal Bescheid weißt."

"Dann kriegst du auch nichts von mir – und zwar gar nichts", antwortet der Angesprochene mit anzüglichem Unterton. "Ob du das allerdings lange aushältst ..." ergänzt er und lacht. Alle außer Vaclav stimmen in das Lachen ein.

"Rechts unten totes Dorf", weist er mit der Hand über eine von halb hohen Kiefern bestandenen Schlucht hinweg. "Darf man abwärts nicht links fahren, sonst kommt man zum Weg ohne Ende. Partisanenlöcher."

"Du hältst es doch selber keine zwei Tage aus ohne das", kontert Kora. "Dich kann ich also doppelt verdursten lassen, mein Lieber. Kein Wein, kein Sex. Möchte mal wissen, wie du den Urlaub überleben willst."

Sven und Iris grinsen.

"Dorf ist von Faschisten verbrannt. Partisanenjagd. Lebt nur noch Vaclav, war kleiner Junge damals. Nur Alfred war gut. Nur Alfred hat nicht geschossen. Ist mit Vaclav gelaufen und gelaufen und gelaufen. Bis Hütte."

"Hoffentlich haben wir wenigstens eigene Zimmer", kommt es Iris in den Sinn. "Hütte klingt irgendwie nach einem Raum für alle zusammen."
"Mal was anderes", prustet Matthias heraus. "Was, Sveni, das wäre doch echt mal was neues, oder was?"
Kora lacht schrill, als sie in Svens verständnisloses Gesicht blickt.

"War ich alt neun Jahre", sagt Vaclav leise. "Weiß nicht, was wir haben richtig gegessen, der Alfred und ich. Weiß nur Tee und Schokolade. Hat Alfred gegeben. Nur er hat nicht im Dorf geschossen. Hat mich gerettet. Im Dorf alle tot."

Kora lehnt sich über die Kutschbank nach hinten, um ihrem Freund einen Kuss zu geben.
Der weicht mit gespielter Ignoranz aus. "Sag einmal, Vaclav, wieviel Zimmer hat deine Hütte eigentlich?" fragt er betont lässig, fast schon von oben herab.
"Hütte ist groß. Hat euch Lubica nicht gesagt? Hat Eingang, hat unten Stube für kochen und alles, hat Raum daneben für Diesel und Klo, und oben hat Hütte zwei Zimmer. Einmal du und Frau, einmal er und andere Frau. Alles ist gut. Ofen nur unten, aber wird alles gut warm. Oben nur für schlafen."
"Na super", sagt Sven. "Was braucht der Mensch mehr?"
"Sauna vielleicht", nörgelt Matthias.

"Haben Sie auch Sauna?" fragt Iris, die sich bisher kaum an der Unterhaltung beteiligt hat.

"Mein Vater hat Hütte gebaut für erste Nacht mit Mama. Hat sich gewünscht Sohn. Bin ich geworden. Hütte macht wahr die Wünsche. Hütte klebt fest an Berg. Berg ist sehr stark. Hütte hat große Stube unten für alle zusammen und zwei Zimmer oben. Unten ist auch Kammer, später erst Diesel für Strom – Vaclav hat selbst gebaut."

"Und wo haben Sie eigentlich so gut deutsch gelernt?" fragt Iris, einmal ins Gespräch gekommen, weiter.

"Habe ich deutsch von Alfred gelernt. Waren lange Wochen in der Hütte. Später, ich war schon ein Mann, habe ich, wie sagt man – für Fortgeschrittene – gelernt. Aber nicht gut."

"Doch, doch – sehr gut", widerspricht Iris. "Ich wünschte, ich könnte so gut russisch.

"Wir sind nicht in Russland", raunt Sven ihr zu. "In der Tatra wird nicht russisch gesprochen. Vielleicht in der Taiga."

Matthias lacht locker auf. "Taiga, Tundra, Tatra – ist doch eh alles das selbe. Hauptsache es hat ordentlich Natur, viel Schnee und saubere Luft. Wo ist da schon der Unterschied? Slowenen, Slowaken, Slawonen – sind doch alles Slawen."

"Hier leben noch echte Sklaven?" fragt Kora ungläubig. "Ich dachte, die sind längst ausgestorben."

"Sklaven sterben niemals aus, das merke dir, mein Schatz. Sklavinnen übrigens auch nicht", doziert Mathias. "Was ich aber gesagt habe, war Slawen, das ist wieder was anderes." Er überlegt. "... vielleicht", ergänzt er und lacht. "Der Slawe ist von Natur aus verschlagen und verlogen, hat mein alter Herr gesagt. Mit den Slowaken waren wir zwar verbündet, aber die meisten sind uns sowieso in den Rücken gefallen.

16

Ob's stimmt, weiß ich natürlich nicht. Ich gebe ja nichts auf solche Vorurteile. Aber frag am besten Sven. Der kennt sich da aus. Der hat schließlich selber lange genug mit denen im gleichen Block gelebt – will sagen, im Ostblock."

Sven druckst herum. "Was soll denn das? Ich hatte keinen Kontakt zu denen. Habe ich noch nichts von gehört, was du sagst: verschlagen und verlogen."

"Aber ja", springt Kora ihrem Freund bei. "Unser Lehrer hat auch immer gesagt, dass die nicht richtig arbeiten können, so ordentlich wie wir, mein ich. Aber vielleicht haben die sich ja inzwischen geändert. Vaclav ist jedenfalls ist ein ganz ein Lieber", meint sie und legt ihren Arm um den Kutscher. "Sind wir bald da, Vaclav?"

Der Alte nickt.

Nach immerhin fast einer weiteren Stunde bringt Vaclav die Pferde zum Stehen. "Hier, seht", sagt er und weist mit dem Arm nach rechts in die Landschaft, "hier ist beste Aussicht." Direkt neben dem Weg, der nicht viel breiter als der Schlitten ist, geht es schwindelerregend steil hinab in die Tiefe. Hinter der Schlucht erheben sich nur kleinere Felsformationen, und dahinter reicht die Sicht kilometerweit hinunter ins Land.

"Phantastisch", murmelt Iris.

"Da muss man erst mal sein halbes Leben umsonst gelebt haben, um endlich so 'ne tolle Aussicht geboten zu kriegen", kommentiert Sven.

"Da vorn gleich sehen wir Hütte, nur noch um Ecke bringen."

Die Berghütte besteht aus dicken, ungehobelten Stämmen. Die Fenster sind klein und weisen fast ebenerdig zum Weg und zum Tal. Die Hütte ist direkt an den Berg gebaut und trennt sich erst auf Höhe des Daches von ihm. Der mit dem Schlitten befahrbare Teil des Weges endet davor. Danach wird er so schmal, dass man ihn nur zu Fuß begehen kann.

"Zuerst Feuer machen", sagt Vaclav und geht die wenigen Schritte voran. Ohne einen Schlüssel zu benutzen, öffnet er die grün gestrichene Tür und weist den Gästen den Weg ins Innere. "Herzlich willkommen."

Die Frauen folgen ihm zitternd, und auch Matthias schlägt fröstelnd einen Fuß an den anderen.

"Schön hier", sagt Iris und streicht mit der Linken über einen von vier gedrechselten Stühle, die um einen nicht ganz dazu passenden, rustikal wirkenden Tisch gruppiert sind. "Genau so hatte ich mir immer eine Weihnachtshütte vorgestellt."

"Weihnachtshütte?" fragt Sven. "Was soll denn das sein? Weihnachtsmühle kenn ich und Weihnachtsmann. Der erfüllt die Wünsche oder gibt dir was mit der Rute. Weihnachtshütte ist Quark mit Soße, gibt's gar nicht. Hier steht ja nicht mal ein Weihnachtsbaum ..."

"Weihnachtsmühle?" fragt Matthias neugierig dazwischen.

"Na, was sich immer dreht, mit Kerzen drunter", sucht Sven nach dem richtigen Begriff.

"Pyramide meinst du", hilft Iris ihm.

Kora lächelt. "Ich hab sofort gewusst, was er meint. Und ich ahne auch, was du mit Weihnachtshütte meinst, Iris. Alles noch so wie vor zweitausend Jahren. Voll aus Holz, keine Technik, kein moderner Schnickschnack. Nur Weihrauch, christlich, urgemütlich."

"Genau", nickt Iris Kora zu. "So habe ich mir Weihnachten immer gewünscht. "Paar Tage richtig Wärme, versteht ihr?

Original aus dem Ofen und richtig vom Herzen. Da brauch man kein Strom und alles so."

"Das hast du ganz toll ausgedrückt", meint Matthias galant.

Die augenscheinliche Gemütlichkeit des Raumes trügt. Er ist eiskalt.

Vaclav bückt sich zum Feuerloch des großen, in der Mitte des Raumes frei stehenden Ofens, der bis in Hüfthöhe aus Gusseisen besteht, darüber aber, bis dicht unter die Decke reichend, braun gekachelt ist. Ein Streichholz flackert auf.

"Alles vorbereitet", sagt Vaclav. "Immer kleines Holz unten, großes Holz darauf und nur wenig Kohle ganz oben. Hinter der Hütte ist viel Holz, aber nur wenig Kohle."

"Ordentlich Holz vor der Hütte ist aber auch nicht übel, was, Sveni?" sagt Matze und lacht.

"Brennt gut viertel Stunde, Tür wenig zu. Wenn Tür rot von Glut, dann ganz fest drehen. Hier ist Lappen, weil heiß."

"Hättest dir ja eine mit viel Holz vor der Hütte aussuchen können", meint Kora pikiert. "Stand dir frei, mein Lieber. Ich wusste gar nicht, dass du auf fette Möpse stehst. Muss ich ja aufpassen in Zukunft, wie?"

"Nein, mein Zuckerschneckchen, musst du nicht. Ich fliege nur auf so große Augen, wie du welche hast", gesteht ihr Matze salbungsvoll.

"Dein Glück", schließt Kora das Thema ab und greift an den Ofen. "Das dauert wohl."

"Nicht lange", sagt Vaclav, "viertel Stunde merkt man schon Wärme. Hier ist noch anderer Ofen oder Kochmaschine", weist er in die kleine Küche, die sich, nur durch einen Vorhang abgetrennt, an die Stube anschließt. "Schafft auch

Wärme, wenn man kocht das Essen. Kommt alle mit."

Von der Küche aus führt eine weitere Tür in einen zunächst dunklen Raum. Vaclav stolpert voran, öffnet erst ein Fenster und stößt dann einen Fensterladen auf. "Hier der Diesel", sagt er und weist stolz auf einen Generator, der über einen Riemen mit einem altertümlichen Motor verbunden ist. Der wiederum ist über einen Gummischlauch an einen Tank und mit einem Kabel an eine große Autobatterie angeschlossen. "Schwarzen Knopf drücken, bis startet", erklärt Vaclav, was er vorführt und wird sogleich von Motorengeräusch übertönt. "Roter Knopf aber heißt Stopp. Nicht anfassen, wo Riemen dreht – gefährlich. Machen wir Kammertür zu, Küchentür zu und in der Stube ist nicht laut."

"Ungeheuer romantisch", meint Kora ironisch und zieht ihre Mundwinkel nach unten.

"Der Mensch gewöhnt sich an alles", entgegnet Matthias. "Wenn ich mich sogar schon an dich gewöhnt habe ..." fügt er hinzu und erntet einen Knuff mit dem Ellenbogen.

"Nicht viel Strom braucht ihr. Habt die Petroleumlampen und Inselslicht auch. Eismaschine ist nur für den Sommer. Nun ja, könnt ihr Fernsehen am Abend und das Grammophon hören. Macht ihr laut Musik, hört ihr nicht Diesel. Macht ihr Diesel aus, hört ihr gar nichts", sagt er und lacht.

"Und kein Video?" fragt Matthias enttäuscht, aber er erhält keine Antwort.

"In Kammer bei Diesel ist auch Zeitung. Eine Kohle kommt in Zeitung ganz fest wie Päckchen, muss vor dem Schlafen in den Ofen. Ist morgen noch Glut und Ofen nicht kalt."

"Komm mal schnell mit", flüstert Iris Sven zu und zieht ihn zur Seite. Sie deutet mit dem Kopf zur Treppe hin, er nickt.

Und während Vaclav die Funktionstüchtigkeit des uralten Schwarzweiß-Fernsehers unter Beweis stellt, stehlen sich die beiden davon.

"Wir suchen uns zuerst unser Zimmer aus", zischelt Iris. "Ich seh ja überhaupt nicht ein, dass Lady Kora das schönste bekommt."

Die hölzernen Treppenstufen knarren und führen hinauf in einen schmalen Flur, von dem zwei Türen abgehen, beide nach rechts. Dahinter liegen, wie zu erwarten war, die Schlafzimmer. Sie ähneln einander, was das Mobilar betrifft, und sind auch etwa gleich groß. Im hinteren Raum allerdings stehen die Betten nicht nebeneinander, sondern getrennt an gegenüberliegenden Wänden.

"Wir bleiben hier vorn", beschließt Iris und lässt sich auf die blauweiß karierten Ehebetten fallen. "Schön weich, Sveni."

Sven steht am Fenster und genießt den Ausblick. "Schau mal, Iris – dieses Panorama entschädigt für alles, kann man wohl sagen. Berge, Täler und Berge. Alles ist unendlich weit und verschneit und ..."

"Ja", sagt sie. "So was hat niemand – bloß wir."

"Das wird der ultimative Urlaub, Schatzi", meint Sven und küsst seine Frau.

"Hoffentlich sind die Wände nicht so dünn", wechselt Iris das Thema. "Ich hab keinen Bock, diese affektierte Zicke nachts stöhnen zu hören."

"Ach, hier seid ihr", erscheint Kora wie auf Stichwort.

"Ja, wir nehmen dieses Zimmer", sagt Iris. "Eine Tür weiter ist eures."

"Dein Typ wird verlangt", raunt Kora Sven zu. "Vaclav muss nämlich zurück. Und darum laden alle starken Männer jetzt brav den Schlitten ab", sagt sie und schaut, als Sven eilfertig gehorcht, seiner Frau triumphierend in die Augen.

Eine Stunde später ist es draußen schon stockdunkel, in das Innere der Hütte aber ist tatsächlich Gemütlichkeit und Wärme eingekehrt. Zusätzlich zum elektrischen Licht stehen Kerzen auf dem Tisch, daneben dampfen Glühweingläser, und aus dem Fernseher klingt Volksmusik in einer fremden Sprache.

"Kann man sich ja kaum vorstellen, dass der Vaclav in der Dunkelheit jetzt noch den ganzen Weg zurück muss, was?" meint Iris.

"Der Schnee ist weiß, da kann es gar nicht richtig dunkel werden", vermutet Kora.

Matthias zeigt ihr einen Vogel. "Schwachsinn. Ohne Mond kein Licht. Ohne Licht ist auch der Schnee schwarz wie die Nacht."

"Glaube ich nicht, komm raus, wir sehen nach."

"Kannste alleine gehen, Schneckchen, mich kriegt heute keiner mehr in die Kälte."

"Streitet euch nicht", vermittelt Sven. "Sicherlich kennen die Pferde den Weg, und Vaclav muss gar nicht hinsehen."

"Die Pferde müssen doch auch gucken, wo sie hintreten", wirft Iris spitzfindig ein.

"Pferde können auch im Dunkeln", widerspricht Kora.

"Ach, wirklich?" fragt Matthias provokant. "Ich ja eigentlich auch, aber ich bin eher der visuelle Typ, und bei Licht sieht man besser, was man hat", sagt er vollkommen ernst, kann sich dann aber nicht mehr halten und prustet laut los. "Nee, mal im ernst", sagt er, nachdem er sich wieder beruhigt hat, "als es richtig dunkel war, da ist der doch längst zu Hause in seinem Dorf gewesen. Runter gehts allemal schneller als hoch."

"Ich werde noch Holz nachlegen", schlägt Sven vor. "Ist alles schon wieder runtergebrannt."

"Ja, tu das", sagt Kora. "Dass die Wärme schön hoch in die Schlafzimmer zieht. Ich mach mal die Türen auf da oben."

"Und ich mach uns noch was zum Essen", sagt Iris. "Hab da im Schrank ein Glas mit fetten Würsten entdeckt."

"Deine Frau ist ein Schatz", freut sich Matze. "Bratwurst ist original, was meines Vaters Sohn zu seinem Glück noch fehlt", sagt er und holt, als Iris an ihm vorbei geht, hinter ihr zum Schlag auf ihren Jeans-Po aus, belässt es aber, Sven zuzwinkernd, bei der Andeutung. "Ärgerlich, dass der Alte keine Sat-Schüssel hat und kein Video", sagt er vertraulich zu Sven. "Hab da extra ein paar hübsche Filme eingepackt. Na, macht nichts, Hauptsache gesund, was?"

Sven nickt und trinkt seinen Glühwein aus. "Bierchen hast du nicht zufällig irgendwo gesehen?"

"Ist alles bestellt. Zwei Kästen bringt der Alte uns hoch. Bis dahin müssen wir uns mit dem Wein behelfen – heißt ja auch Weihnachten, und nicht Biernachten. Und eine Flasche uralten Asbach hat Matze noch oben im Köfferchen. Wird aber aufgehoben für – weiß ich noch nicht."

"Und wir haben zwei Flaschen Schampus. Den hatte ich für Silvester gedacht."

"Alles sauber, alter Junge", sagt Matthias und streckt sich wohlig zurück. "Morgen schnallen wir uns die Bretter unter die Botten und inspizieren mal das Revier, einverstanden?"

"Kora will auch mit", sagt Kora, die auf leisen Sohlen, und

ohne dabei ein Knarren zu verursachen, die Treppe herunter gekommen ist. "Kora will Shopping."

"Morgen ist erster Weihnachtstag", wehrt Matthias ab, "da haben alle Bergshops dicht, mein Schneckchen. Außerdem hast du keine Ski. Wolltest ja keine. Die Iris hat wenigstens noch ein Snowboard organisiert, aber du hast gar nichts. Da wirst du morgen mit der Iris Kochrezepte austauschen. Ihr dürft dann knobeln, wer von euch beiden uns verwöhnen darf – was Sveni, so läuft das ab. Und wir sehen uns derweil um, ob es Räuber gibt in diesem Wald."

"Was für ein Wald denn?" fragt Kora. "Wir sind doch bloß immer an nackten Felsen langgefahren, zumindest die letzte halbe Stunde, oder nicht?"

Matthias grinst. "Nie Pfadfinder gewesen, meine Süße? Ich aber. Gleich hinter der Hütte geht es weiter, direkt in den schönen Winterwald hinein. Alles längst gecheckt. Wenn wir schon gestern gekommen wären, hätten wir einen herrlichen Weihnachtsbaum schlagen können. Aber heute ist zu spät, da lohnt der Aufwand nicht."

"Hör mir auf mit Weihnachtsbaum", winkt Iris ab. "Wir sind echt froh, dass wir diesmal um diesen ganzen Zirkus herumkommen, stimmt's, Sveni?"

Er antwortet nicht.

„Wir haben uns auch dieses Jahr gar nichts geschenkt, war so abgemacht. Obwohl, 'ne Kleinigkeit also, wäre auch nicht falsch gewesen. Aber stell dir vor, wir würden jetzt zuhause sein. Deine Eltern und meine Eltern, und dann die ganze Kocherei und ständig der Kleine zwischen den Füßen – das nervt echt, kann ich euch sagen. Seid bloß froh, dass euch so was bis jetzt erspart geblieben ist."

"Wie alt ist der Kleine?" fragt Kora interessiert.

"Na sechs nun fast. Wird Zeit, dass er in die Schule kommt nächstes Jahr, damit er auch mal seine Lehrer nerven kann, und nicht mehr immer uns von früh bis spät. Geht manchmal mächtig auf die Ketten, der Lütte."

"Jetzt hat er ja seinen Fernseher seit ein paar Stunden", wirft Sven ein. "Vom Weihnachtsmann."

"Von Opa", korrigiert Iris.

"Ja, jetzt iss er bei Opa und Oma. Hättet ihr nicht die Idee gehabt, uns zu dem Urlaub einzuladen, dann wären wir den Lütten wahrscheinlich gar nicht losgeworden. Aber so hat die Oma sich Gott sei Dank erbarmt und ihn mitgenommen. Eine wirkliche Wohltat, kann ich euch sagen."

"Leg mal noch ordentlich Holz nach, Sveni," weist Matthias an. "Sonst frieren wir in der Nacht. Ist schon erstaunlich, wie schnell das Zeug verbrennt. Am besten, wir lassen auch das Aggregat mit laufen. Hat vielleicht jemand irgendwo so was wie'n Heizlüfter gesehen für oben?"

"Spinnst du?" empört sich Kora. "Ich habe bestimmt keine Lust, mir in der Nacht den Lärm von diesem Treckermotor reinzuziehen, und außerdem ist es schon überschlagen im Schlafzimmer. Ich war ja vorhin oben."

"Scheiße!" ruft Sven, als er sich die Finger an der Ofentür verbrennt.

"Kaltes Wasser drauf, schnell", rät Kora.

Sven stolpert in die Küche, dreht den Wasserhahn, der in einem an der Wand befestigten Behälter steckt, voll auf und kühlt Daumen und Zeigefinger unter dem Strahl.

"Wir hatten beim Bund einen Kanonenofen im Zelt, das war im Winter-Biwak", erinnert sich Matthias, "der hat, wenn wir ordentlich aufgelegt haben, richtig geglüht, kann ich euch sagen. Den hat keiner aus Versehen angefasst. Nur Stinki, die linke Ratte, ist ab und an dagegen gefallen. Pech gehabt – aber nicht nur eben Pech allein, wenn ihr versteht", erklärt er und lacht.

Niemand stimmt ein.

"Ich finde das auch nicht so toll, dass du morgen mit Matze auf Tour gehen willst", sagt Iris, die ihrem Mann in die Küche gefolgt ist, leise. "Schließlich machst du mit mir Urlaub, und ich mit dir, und nicht mit der da."

Sven betrachtet seine Finger, entdeckt zwei weiße Stellen an den Kuppen und hält sie wieder in den Strahl des noch immer geöffneten Wasserhahnes. "Ja, schon", sagt er. "Aber du könntest mich durchaus mal ein wenig bemitleiden."

Iris gibt ihm einen Wangenkuss und streicht über seinen Kopf. "Armer Sveni".

"Was'n jetzt los?" fragt er erstaunt, und Iris, die zunächst meint, er meine sie, sieht ihn verständnislos an. "Da kommt kein Wasser mehr raus", sagt er und dreht den Hahn zu und wieder auf. Es tropft nur noch.

Matthias tritt näher und klopft gegen den metallenen Kasten über der Spüle. Es klingt hohl. "Jetzt hast du leider unser letztes Wasser verplempert", sagt er. "Da fällt wohl heute Waschen aus – oder hat noch irgend jemand Lust, Schnee von draußen rein zu holen?"

Die Frauen lehnen lebhaft ab, aber Sven erklärt sich bereit, zu gehen. "Okay, dabei kann ich gleich meine Finger weiter kühlen", sagt er und zieht seine Stiefel an.

"Im Heizungsraum steht irgendwo so'n komischer Kessel und ein Eimer", meint Matze.

Eine halbe Stunde später geht den vier Gästen zum ersten mal der Gesprächsstoff aus, so dass allgemein beschlossen wird, den Tag für beendet zu erklären. Matthias erklärt sich für total k.o. nach der langen Fahrerei, legt beiden Frauen gähnend seine Arme über die Schultern und fordert, hinauf in sein Bett getragen zu werden. Lachend begleiten Kora und Iris, ihn dabei von links und rechts stützend, die Treppe hinauf, während Sven nochmals Holz nachlegt, das Dieselaggregat ausschaltet und die Teller zusammenstellt.

"Abwaschen kannst du morgen", ruft Iris von oben, als sie ihn klappern hört. Kora und Matthias lachen.

"Dachtest du vielleicht, ich wollte mit Schnee abwaschen?" ruft Sven zurück und löscht das Kerzenlicht.

25. Dezember

"Kannst du dich erinnern, dass du schon mal irgendwo so schön aufgewacht bist?" fragt Iris. "In so einer Grabesstille?"

"Nö."

"Horch doch mal, Sveni – da ist nix, absolut gar nichts. Da trampelt keiner über uns rum, da schreit kein Baby, keine Sau hat seine Anlage aufgedreht. Nicht mal ein Auto fährt vorbei – könnt es so nicht immer sein?"

"Kalt isses."

"Mein Gott, ja. Aber um so gemütlicher wird es, wenn die Öfen brennen. Ist doch irgendwie romantisch, oder nicht? Komm rangerutscht, ich wärm dich."

Sven brummelt etwas von Plan machen und kuschelt sich

an seine Frau.

"Was denn für'n Plan, he?"

"Na, wer dran ist mit heizen, Schnee auftauen, Schrippen holen und alles. Denkst du etwa, die da drüben machen das einfach so? Glaub ich kaum."

"Hat sich was mit Schrippen. Was meinst du, wo hier der nächste Bäcker ist?" entgegnet Iris amüsiert. "Ich schlage vor, du gehst mit gutem Beispiel voran, machst brav zwei schöne Feuerchen, eins in der Stube und eins in der Küche, und morgen ist dein Freund dann dran."

"Freund? Na meinetwegen." Sven deckt plötzlich sich und Iris auf, springt aus dem Doppelbett, geht zähneklappernd ans Fenster, reißt es mit einem lauten Knarren auf und ruft: "Guten Morgen, ihr alten Berge! Gut geschlafen?"

"Bist du total verrückt?" fragt Iris schrill und verkriecht sich im Federbett.

In gleichen Moment wird vom Nachbarzimmer her energisch gegen die Wand geklopft. Matthias ruft etwas, aber das ist nicht zu verstehen. Kora lacht dazu.

"Mach sofort dieses Fenster zu!" klingt es dumpf unter dem Federbett. "Und dann mach Feuer!"

"Mir ist nicht kalt", behauptet Sven. "Ich kann Kälte gut ab. Und ich zittere auch nicht vor Kälte, sondern vor Wut, dass es nicht noch kälter ist", sagt er lachend und will seiner Frau das Bett entreißen.

Die klammert sich daran fest, und es beginnt eine Rauferei, die damit endet, dass er Iris nicht nur vom Federbett trennt, sondern ihren ein wenig drallen Leib trotz der Kälte aus dem Schlafanzug herausholt und sich wild schmatzend darüber hermacht.

Iris muss lachen, und ihre nicht gerade zierlichen Brüste wallen dabei vor und zurück. "Okay, du hast gewonnen", gibt sie schließlich auch den letzten Widerstand auf. "Aber deck uns wenigstens zu dabei."

"Pssst", sagt Matze und presst sein Ohr an die Wand. "Ich glaube kaum, dass die sich um den Ofen kümmern."
"Wieso?" fragt Kora, ohne die Augen zu öffnen.
"Die machen sich ganz anders warm", gibt er zurück.
"Neidisch?" fragt sie spitz.
"Auf den ihr breites Doppelbett vielleicht", meint Matthias. "Ist garantiert gemütlicher."
"Gib zu, sie gefällt dir", erwidert Kora und schielt aus den Augenwinkeln zu ihrem Freund hinüber.
"Schwachsinn."
"Sie hat so was Natürliches, was Nettes, stimmt's? Nicht so zickig und verwöhnt. Außerdem hat sie mehr Hintern als ich, und in den Ausschnitt hast du ihr gestern auch schon geguckt – das streite man gar nicht erst ab", provoziert Kora leise, fast im Plauderton.
"Würde ich auf Arsch und Möpse stehen, hätte ich dich nicht genommen", gibt Matthias zurück, angelt sich Pullover und Jeans vom Stuhl und holt die Sachen unter seine Decke.
"Das kannst du deiner Großmutter weiß machen. Erstens wollt ihr Männer bekanntlich immer gerade das, was ihr nicht habt, und zweitens finde ich den großen starken Sven auch ganz süß. Nur, dass du bescheid weißt, Matthias Stein."
Matthias grinst, vollführt ein paar zappelnde Bewegungen unter seiner Decke und steigt angezogen aus dem Bett.
"Lass dich nicht erwischen, Schätzchen", sagt er im Gehen.

"Ich mach mal eben Feuer. Kannst derweil unsere Klamotten in den Schrank hängen."

"Ich denk ja nicht dran", meint Kora schnippisch und zieht sich ihr Bett bis über die Nase.

Als es Matthias nach einer Weile gelingt, den Dieselmotor zu starten, ist er erleichtert. Eine Glühlampe lässt die Vorräte in der Speisekammer sichtbar werden. Sie sind hart gefroren. "Sehr praktisch", meint er, nimmt eines von den Weißbroten, ein Stück Butter und einen Ring Wurst. Eier, Marmelade und Kaffee findet er in der Küche. Die Kochmaschine und der Stubenofen verbreiten erste Behaglichkeit und Matthias reibt sich zufrieden die Hände. "Good morning Sir, ich bringe nur den Tee ...", singt er, so laut er kann, kocht Kaffee, bäckt das Weißbrot auf und brät Rührei.

Sven und Iris kommen Hand in Hand die Treppe herunter.

"... hoffe doch, das andre war okay" trällert Matthias und zwinkert Sven zu.

"Du bist ja echt eine Perle", sagt Iris mit einem Blick auf das fast fertige Frühstück.

"Belohnungen immer hier", unterbricht Matthias seinen Gesang, weist mit dem Finger auf die rechte Wange und streckt ihr die entgegen. Er bekommt den Kuss und wechselt abrupt die Melodie. "Oh sooole mio", skandiert er euphorisch, und Sven applaudiert.

"Wir futtern in zehn Minuten. Plumpsklo ist frei und schon vorgewärmt. Matze hat den Heizstab angeschaltet, damit's beim Pinkeln nicht klappert, sondern plätschert. Der stammt übrigens noch aus eurer guten alten DDR. Da werden echt Gefühle bei dir aufkommen, was Sveni? Verträumt auf dem

Örtchen sitzen und sozialistische Nestwärme spüren ..."

Sven antwortet nicht. Iris kichert und geht durch die Küche in die Kammer, von wo es zur Toilette geht. Beim Öffnen der Tür quillt das Geräusch des Dieselmotors unangenehm laut herein.

"Nachher wird das Areal observiert und die Lage gepeilt, was, alter Junge? Die Weiber mögen Putz- und Flickstunde abhalten, Taschen auspacken und die Bude herrichten. Wir müssen schließlich erkunden, wo wir hier sind."

"... und wo die nächste Kneipe ist", pflichtet Sven ihm bei.

"... oder der nächste Puff", ergänzt Matthias und knufft den anderen in die Seite. Beide lachen.

"Ich hätte gern eine Tasse Kaffee, schwarz und süß", sagt Kora, die plötzlich hinter ihnen vorbei zum Ofen geht, sich fröstelnd mit beiden Händen ihre Oberarme streichelt und Sven lasziv von der Seite her anblinzelt.

"Hab dich gar nicht gehört", wundert sich Matthias.

"Kaffee kommt sofort", pariert Sven.

"Danke, Sven", haucht Kora.

Über den Bergen ist die Sonne aufgestiegen. Es ist noch kalt, aber windstill, und somit erträglich. Unter den Füßen der Männer knirscht der Schnee. Seit einer viertel Stunde gehen sie in die Richtung, die sie noch nicht kennen. Die Frauen waren dagegen, alleingelassen zu werden, aber Matthias hat sich durchgesetzt. Nur mal zehn Minuten ums Haus rum, hat er gemeint.

Gleich hinter dem Haus, wo der Berg sich flach zurückzieht, ist das Gelände mit Kiefern bewachsen, krüppelig zunächst, später dann, wo der Weg sich weitet, etwas üppiger. Die

Männer haben den dahinter liegenden Mischwald erreicht, und es fällt ihnen schwerer, voranzukommen. Der Schnee liegt hier höher und unter ihm sind reichlich herabgefallene Äste verborgen, die die beiden stolpern lassen.

"Ohne Ski bringt das gar nichts", stellt Matthias fest. "Hab schon Schnee in den Botten."

"Dann kehren wir besser um", stimmt Sven ihm zu. "Hier ist echt kein Weg mehr, das führt zu nichts. Außerdem warten die Frauen."

"Klaro." Matthias nickt. "Wusste übrigens vorher, dass hier nichts kommt. Wollte nur sicher sein. Von dieser Seite her besteht also keine Gefahr."

"Wie meinsten das?"

Matthias hält inne, wischt mit dem Handrücken Schnee von einem dicken Ast und setzt sich darauf. Dann bricht er einen Zweig ab und beginnt, im Schnee zu malen. "Noch nichts von Rundumverteidigung gehört?" fragt er. "Mein Gott, wir sind schließlich nicht in der Heimat. Nicht, dass ich Schiss hätte, aber hier ist alles möglich. Feindberührung inklusive. Den Weibern gegenüber ist das natürlich kein Thema, alles klar, oder?"

Sven nickt.

"Nicht, dass die in Panik geraten. Aber wir Männer müssen immerhin absichern, dass keine Gefahr droht. Ein Gelände hat immer vier Seiten. Unser Haus auch. Nach Osten fällt der Berg steil ab, von da kann nichts kommen. Von Westen auch nicht, da geht es steil die Wand hoch. Höchstens eine Lawine. Aber wenn das 'ne reale Gefahr wäre, dann wäre es längst schon lange passiert, dann würde diese Hütte nicht mehr stehen, hab ich recht?"

"Ganz bestimmt."

"Na siehste, Sveni, kennst dich doch auch aus, was. Habt euch ja auch nicht nur am Sack gekrault im Osten. Warste bei der Volksarmee?"

"Grundwehrdienst."

"So, so. Das sagen ja jetzt alle. Keiner hat sich für länger verpflichtet, keiner war in der FDJ, keiner in der Partei, was. Keiner will's gewesen sein."

"Was denn gewesen?" fragt Sven unwirsch.

Matthias zuckt mit den Schultern. "Na, mich darfste das nicht fragen. Ich war ja nicht dabei. Ich nun wirklich nicht", ereifert er sich. "Woher soll ich was wissen? Also West und Ost ist Wand. Norden ist Wald, undurchdringlich zu der Jahreszeit. Bleibt nur noch Süden, wo wir hergekommen sind gestern. Der wird morgen inspiziert, roger?"

"Ja", sagt Sven knapp.

"Nun sei nicht eingeschnappt, Mann", meint Matthias. "Ich weiß ja, dass du nichts angestellt hast – das sagt mir meine Menschenkenntnis. Denkst du, ich hätte dir sonst geholfen und würde dich in Urlaub mitnehmen, was?"

Sven sagt nichts darauf und schlägt wortlos den Rückweg ein.

"He, Mann, ich rede mit dir", stellt Matthias klar. "Bitte nicht auf die Tour, Kumpel, verstanden? Wir machen zusammen super Urlaub in der Fremde, da halten wir auch zusammen und sagen uns ehrlich, was los ist. Immer klar ins Gesicht, ja? Also, was ist nun, hab ich dir geholfen oder nicht? Hab ich dafür gesorgt, dass du hochkommst mit'm Arsch, oder hab ich dich vielleicht hängen lassen, als die Banken nicht mehr mitspielen wollten?"

"Schon gut, Matze. Alles klar."

"Kam mir eben nicht so vor", meint Matthias, wieder neben Sven, und holt einen ledernen Brustbeutel unter seinem Pullover hervor. Mit dem Zeigefinger tippt er dagegen und sieht Sven herausfordernd an.

"Doch, doch", sagt der. "Und danke noch mal. Dankeschön für alles. Aber es läuft leider nicht ganz, wie ich gedacht hatte. Es kommt nicht genug rein."

Matthias legt Sven gönnerhaft seinen Arm über die Schulter. "Wir können über alles reden. Ich bin kein Schwein. Und ich sag dir, wies langgeht, Großer. Du schaffst das schon. Jetzt, mit dem neuen Büro, mit dem neuen Wagen, der für die Kunden was hermacht. Da sehen die doch gleich, dass du kein Versager bist, und dass sie dir vertrauen können."

"Mann, gut und schön. Aber das war 'ne Nummer zu fett, das kommt nich wieder rein. Ich mach zu wenig Abschlüsse, das isses", presst Sven hervor. "Ich habe nicht die Erfahrung wie du, ich kenn nicht so viel Leute. Der Markt ist dünn und trocken."

"Quatsch", würgt Matthias ab. "Du machst, scheint mir, zu viel Kleinklein. Mach Leben, mach Rente, mach Immobilien, das bringt's. Das holen die über die Steuer wieder rein. Das musste nur richtig rüber bringen."

"Hast du 'ne Ahnung. Was meinst du, wie viele bei uns die Knete haben für Immobilien? Was glaubst du, was da über die Steuer läuft? Da können sich die meisten den Arsch mit abwischen, mit den tollen Verlustzuweisungen, mein Lieber."

"Das merken die erst später."

"Wie meinste denn das nun wieder?" fragt Sven und bleibt stehen.

Matthias grinst und sieht ihn bestimmt an. "Unterschrieben heißt immer noch unterschrieben – oder gilt das vielleicht nicht?" Er tippt auf seine Jacke, unter die er den Brustbeutel wieder zurückgesteckt hat. "Wenn du was unterschreibst, dann bist du eben in der Pflicht, oder? Und kannst du was dafür, wenn andere zu wenig Geld verdienen? Ist das deine Schuld? Was geht's dich an? Jeder muss sehen, wo er bleibt. Das musst du lernen. Das vor allem." Matthias nickt seinen eigenen Worten nach, atmet tief die so gesunde Waldluft ein und geht mit großen Schritten voran.

Sven folgt ihm nachdenklich.

"Ihr könnt mal gleich Holz mit reinbringen, Jungs", ruft Iris, als die Tür geöffnet wird. "Hier ist alles alle. Außerdem stinkt der Ofen und hat gequalmt wie verrückt. Wir haben ihn erst mal ausgehen lassen, sonst wären wir hier erstickt, stimmt's, Kora?"

"Genau. Und dieser Scheiß-Motor ist auch ausgegangen vor ein paar Minuten. Der wollte auch nicht, dass ihr so lange weg seid. Ich frage mich übrigens, ob das der Stil werden soll hier in diesem Urlaub. Die Herren machen sich einen schönen Tag im Schnee, wir dürfen aufräumen und kochen. Und dann noch so was. Ohne Motor kein Strom, ohne Strom kein Fernsehen", sagt Kora mit Zorn in der Stimme. "Find ich echt toll und zum Kotzen."

Matthias winkt ab. "Die wird wieder", sagt er zu Sven. "Hol du mal Holz, ich schau mir den Ofen an. Wäre ja gelacht."

"Ratet mal, was wir gekocht haben", sagt Iris. "Ihr werdet staunen. Wenn nicht alles nach Rauch riechen würde, dann würde es hier duften wie beim Italiener."

"Spaghetti wahrscheinlich", ruft Sven, schon im Gehen.

"Irrtum", meint Iris und flüstert Matthias etwas ins Ohr.

"Echt spitzenmäßig", sagt der, zwinkert Iris zu und macht sich am Ofen zu schaffen. "Ahnte ich's doch: Asche randvoll. Der Ofen ist zu, meine Lieben."

"Und davon geht der Motor aus, ja?" fragt seine Freundin ihn mit leichter Ironie.

"Du wirst lachen, das wäre sogar möglich. Der Ofen kann Kohlenmonoxid freisetzen, wenn er nicht zieht, und davon kann der Dieselmotor ausgehen, weil der Sauerstoff braucht, und kein Giftgas. Aber davon hättest du dann schon nichts mehr gemerkt, meine Süße."

"Das sind ja tolle Aussichten. Ich fass das Ding jedenfalls nicht mehr an. Und wenn du wieder aus dem Haus gehst, dann komm ich mit, Matthias Stein. Nur, dass du klar siehst."

"Dann mal bitte gleich – komm, heiße Asche rausschaffen."

"Mach mal schön selber, großer Meister", sagt Kora bissig.

"Wenn ich nur wüsste, wohin damit", meint Matthias. "Eine Tonne, wo draufsteht: keine heiße Asche einfüllen, habe ich nirgends gesehen. Und wenn es da draußen ein Ascheloch geben sollte, dann ist das garantiert zugeschneit und nicht zu finden."

"Kannst du doch ins Klo schütten", schlägt Kora vor, nun wieder sachlich.

"Keine schlechte Idee", findet Matthias und balanciert den übervollen Aschekasten durch die Küche. "Diesel ist alle", ruft er kurz darauf aus der Kammer. "Da kann der Motor ja nicht laufen. Dafür ist es im Klo immer noch heiß wie in 'ner Sauna. Haben die Damen den Heizstab nicht abgeschaltet, was."

"Du doch selber nicht", ruft Kora und: "Ich bestehe darauf, dass hier ein Hausmeister eingestellt wird. Der kann auch gleich kochen, spülen und putzen. Ich nämlich habe Urlaub!" Als Matthias Diesel in den Tank nachgefüllt hat, drückt er den Starterknopf erfolglos. Er hört ein Summen, der Motor vibriert ein wenig, kommt aber nicht in Gang. "Kann mir mal einer helfen", ruft er in Richtung Küche.

Sven und Iris kommen.

"Springt nicht an, das Aas. Sveni, du drückst mal bitte den Knopf. Nein, nicht jetzt – erst, wenn ich es sage." Matthias krempelt sich die Ärmel hoch und greift mit beiden Händen unten an den Treibriemen. "Jetzt!" ruft er laut und zieht im gleichen Moment mit aller Kraft an.

Als hätte der Motor seine Arbeit nie unterbrochen, tuckert los. Laut, aber gleichmäßig.

"Na also", brüllt Matthias und erntet einen bewundernden Blick von der Frau seines Freundes.

"Was'n das für ne dicke Pizza?" fragt Sven, nachdem er die Hütte gründlich gelüftet, neu beheizt und die Frauen den Mittagstisch gedeckt haben. "Sieht aus wie Nudelkuchen mit Fleisch."

"Das ist eine ganz delikate Kreation deiner lieben Frau", klärt Kora ihn auf.

"Kora war aber auch dran beteiligt", revanchiert sich Iris. "Wir haben fast alles, was wir gefunden haben, verarbeitet. Es ist so eine Art Auflauf geworden."

"Riecht super", meint Matthias und schnalzt mit der Zunge.

"Du musst es nicht essen", bemerkt Kora.

"Wieso? schnuppert wirklich gut."

"Du kannst es ja riechen – wir essen es. Schmeckt nämlich auch super", stichelt Kora.

"Und nun sind die Vorräte aufgebraucht, oder?" fragt Sven ein wenig besorgt dazwischen.

"Quatsch", antwortet Iris. "Eine ganze Gans ist noch da, Brot, Wurst und ein paar seltsame Konserven. Und Wein ist noch reichlich."

"Und übermorgen kommt der liebe Vaclav und füllt alles wieder auf", ergänzt Kora.

"Der liebe Vaclav", höhnt Matthias.

"Ich find den Opa niedlich", erwidert Kora.

"Hauptsache, er vergisst das Bier nicht, was, Sveni."

"Das wäre 'ne Tragödie", meint der und steht auf. "Ich hol derweil Wein. Solange wir nichts anderes haben. Will einer kein Glas haben?"

"Für mich bitte auch", ruft Kora.

"Sveni hat gefragt, ob jemand keinen Wein möchte", wird sie von ihrem Freund belehrt.

"Arsch", zischt sie kaum hörbar zurück.

"Was machst du denn für'n Quatsch?" fragt Kora Matthias nach dem Essen, das zwar allen geschmeckt hat, aber viel zu reichlich war.

Matthias hat die Speisereste zur Toilette gebracht, wieder am Tisch Platz genommen und klopft sich mit der flachen Hand links an den Kopf. "Ich hau mich aufs Ohr."

Iris kichert leise.

"Nein, im Ernst. Habe immer noch Nachholebedarf nach der langen Fahrerei. Dazu das gute Essen und der Wein ..."

"Erst kümmerst du dich um den Ofen", weist Kora ihn an.

"Kann doch Sveni machen."

"Sveni hat das vorhin erst gemacht."

Matthias nickt Kora scheinbar zustimmend zu. "Pass du nur immer auf, dass dieser arme Junge sich nicht überarbeitet, meine Süße", sagt er leicht zynisch.

Sven, sichtbar peinlich berührt, erhebt sich zögerlich.

"Lass mal, Matze macht das schon", sagt Matthias und gibt Sven zwei, drei tätschelnde Schläge auf die Schulter.

Kora lächelt, gähnt und begibt sich die Treppe hinauf.

Als sie gegen Nachmittag wieder herunterkommt, ist die Stube leer. Auch in der Kammer oder der Küche ist Matthias nicht. Kora sieht über den gewaltigen Abwaschberg hinweg, schlüpft in die Stiefel und wirft ihren Lammfellmantel über. "He, wie siehst du denn aus?" fragt sie ihren Freund, der, nur in Jeans und Pullover, vor dem Haus damit befasst ist, aus kleinen Kohlestücken einen breiten Mund in den Kopf eines Schneemanns zu stecken. "Ich dachte, du wolltest dich auch hinlegen."

"Hab's mir anders überlegt bei dem Wetter", sagt Matthias. "Die Sonne hat den Schnee so schön pappig gemacht. Da konnte ich nicht widerstehen. Der Matze ist mein allererster Schneemann", sagt er stolz.

"Wie bitte?!"

"Ich nenn ihn Matze."

"Du hast eine Scheibe."

"Aber leider keine Möhre."

"Dafür einen Sonnenbrand."

"Macht nichts. Den gab's gratis dazu, meine Süße. Wenn es in dieser Hütte schon keine Sauna gibt, dann immerhin ein

Solarium, wie du siehst."

"Sauna könnte dir so passen. Ich weiß genau, wieso."

"Du könntest Matze deinen Vibrator spendieren", schlägt Matthias vor, "als Ersatz für 'ne Möhre."

Kora lacht schrill auf und bekommt im gleichen Augenblick einen Schneeball an den Hals.

"Iiih-ihgitt, wer war das?", ruft sie erschrocken.

"Ich nicht", sagt Matthias und schaut sich suchend um. Als er dann selbst getroffen wird, weiß er bescheid. "Na warte", schreit er, formt einen Ball und wirft ihn hoch ans Haus, dicht neben das Fenster, aus dem sich lachend Sven beugt und ruft: "Wir kommen gleich runter, und dann gehts aber los. Mann gegen Mann und Frau gegen Frau. Wer aufgibt, muss dran glauben – der wird eingeseift!"

Nach der Schneeballschlacht brüht Iris eine große Kanne Kaffee, bäckt ein Weißbrot auf und schmiert Marmeladenschnitten, die mit viel Appetit verschlungen werden. Alle vier haben gute Laune.

"Morgen fang ich an mit Ski-Laufen", beschließt Matze.

"Wir alle machen einen Ausflug morgen", ergänzt Kora. "In Richtung Tal runter. Und wenn wir unterwegs eine Gaststätte finden, wird zünftig eingekehrt. Habe nämlich keinen Bock, schon wieder selbst zu kochen."

"Und wer passt auf die Hütte auf?", wendet Iris ein. "Einen Schlüssel hab ich noch nicht entdeckt zum Abschließen."

"Matze passt auf", sagt Matze und weist mit dem Daumen zum Fenster, hinter dem sein Schneemann steht.

"Habt ihr gestern etwa irgendwo 'ne Kneipe gesehen, als wir hochgefahren sind?" fragt Sven. "Ich nicht. Da war immer nur Natur."

"Auf halber Strecke sind wir an einem Dorf vorbei", erinnert sich Iris. "Aber das sah ziemlich düster aus – wie verlassen."

"Wetten, dass wir jemand finden, der uns für richtiges Geld einen ordentlichen Weihnachtsbraten mit Knödeln vorsetzt?" sagt Matthias und hält die Hand hin.

Sven schlägt ein. "Um 'ne Pulle Sekt."

"Um die ganze Zeche!" fordert Matthias.

"Wenn Sven gewinnt, gibt's keine Zeche", stellt Kora klar.

"Dann eben darum, wer dem Alten übermorgen den Nachschub bezahlt."

"Bezahlen?" wundert sich Iris. Habt ihr nicht gesagt, dass ihr in Berlin schon bezahlt habt, an die Tochter von Vaclav?"

"Seine Enkelin war das", erklärt Matthias. "Aber das war nur für die Hütte. Essen war nicht im Preis. Wenn der Alte es ganz genau nimmt, dann kann er für das, was wir hier schon weggefuttert haben, sogar noch Geld verlangen. Aber ich glaub nicht, dass er's tut. Der will sicher, dass seine Gäste wiederkommen. Außerdem ist das hier alles spottbillig."

"Ja – umgerechnet für uns. Für ihn bestimmt nicht", vermutet Kora.

"Wir könnten ihm ja ein Trinkgeld geben", schlägt Iris vor. "Also, ich mach das auf alle Fälle."

"Na, Spitze, Mädel", frohlockt Matthias. "Damit wär das auch geklärt. Ihr habt's gehört: Sveni zahlt morgen die Zeche, und du löhnst den Alten", fasst er zusammen und zwinkert Iris zu. "In welcher Währung, bleibt dir überlassen."

Kora und Iris lachen, Sven stimmt halbherzig ein. "Ich geh mal den Diesel starten, dass wir fernsehen können", schlägt er vor.

Iris verzieht das Gesicht. "Du mit deinem Fernsehen", sagt sie ärgerlich. "Kannst sowieso nichts verstehen hier ohne deutsche Sender."

"Vielleicht ist irgendwo Sport drauf", gibt Sven trotzig zurück, "man kann ja mal nachsehen. Glaub nicht, dass guter Fußball nur im deutschen Fernsehen gezeigt wird. Woanders woll'n die schließlich auch wissen, wie richtig gespielt wird, stimmt's Matze? "

"Zu Weihnachten Fußball?" Iris blinzelt kopfschüttelnd zu Kora hinüber. Die macht eine abwertende Handbewegung.

"Ich komm mal besser mit", nickt Matthias verständnisvoll. "Einer muss ja neuerdings Starthilfe geben, damit die Krücke anspringt. Außerdem ist es an der Zeit, die Weinflaschen zu zählen. Nicht, dass wir bald auf dem Trockenen sitzen."

"Ich hab eine gute und 'ne schlechte Nachricht", verkündet Matthias im Zurückkommen. "Wein ist noch reichlich, also fünf große Flaschen – vier für heute und eine für morgen zum Abgewöhnen ..."

"Ha, ha, ha", lästert Kora.

"Und nun die schlechte: Das Geschirr vom Mittag ist noch nicht abgewaschen – und das ist ebenfalls reichlich."

"Übernehme ich" opfert sich Iris und steht auf.

"Das nenn ich Power", lobt Matthias und deutet Applaus an. "Und damit es nicht am Wasser scheitert, erwärme ich mal eben Schnee für die Dame."

"Zum Dahinschmelzen" flötet Kora. "Nein, so was von Fleiß und Opfermut aber auch. Da sind wir ganz neidisch, dass wir nicht auch so super sind, was Sveni?"

"Genau."

"Lass die sich nur abreagieren. He, ihr da – wenn ihr euren Anfall von Arbeitswut überwunden habt, sagt uns bescheid. Wir gucken solange Fußball", ruft Kora in Richtung Küche, streckt sich auf dem Zweisitzer aus, lagert ihr Füße auf Svens Schoß ab und schnurrt wie ein Kätzchen. "Die sind eiskalt, fühl mal bitte."

"Ich hab nicht ganz die Wahrheit gesagt", flüstert Matthias Iris ins Ohr. "Sieh mal", sagt er und gräbt mit den Händen aus dem Schneekessel, den er auf dem Herd abgestellt hat, eine Flasche hervor. "Es sind nicht fünf, sondern sechs. Und wer so fleißig ist wie wir, der soll auch fröhlich sein", fügt er mit Verschwörermine hinzu. "Soll ich mal aufmachen?"
Iris hält sich die Hand vor den Mund, lacht stumm und nickt heftig.
"Okay", sagt Matthias, entkorkt die Flasche fast lautlos und hält sie Iris hin. "Prostata", sagt er, zwinkert ihr kurz zu und nimmt, da sie zögert, selbst den ersten Schluck. "Damit wir nicht noch mehr Abwasch haben."
Iris kichert leise, setzt den Rotwein an und verschluckt sich sogleich.
Matthias nimmt ihr die Flasche mit der Linken ab, greift mit der Rechten um Iris herum und klopft ihr sehr vorsichtig auf den Rücken.
"Geht schon."
"Herrliches Haar hast du", flüstert Matthias und lässt aus der klopfenden eine mehr streichelnde Bewegung werden. "So lang und so weich."
Iris rührt sich nicht und sagt nichts.
"Und überhaupt. Toll, dass es dich gibt – hier in der Einöde.

Ich glaube, das wird ein ganz besonderer Urlaub."

Iris nickt und lächelt vorsichtig. "Musst aber Feuer machen, wenn der Schnee da schmelzen soll", sagt sie und zeigt auf den Herd.

"Worauf du dich verlassen kannst", raunt Matthias.

26. Dezember

"Ich glaube, das Wetter schlägt um", sagt Kora und rekelt sich unter ihrem Bett.

"Wie kommst du darauf?"

"Na, weil ich nicht mehr friere. Es ist nicht so kalt geworden diese Nacht."

"Ich habe Geräusche gehört", erwidert Matthias aus dem anderen Bett.

"Was denn für Geräusche?"

"Der Sven hat geheizt. Vor 'ner Stunde schon. Die Wärme ist hier oben angekommen, und du glaubst an Wetter."

"Bla, bla, bla. Wirst schon sehen, heute regnet es."

"Und auf dem Mond ist Jahrmarkt."

"Durchaus möglich. Aber ohne dich."

"Versteh ich nicht ganz."

"Ich auch nicht."

"Gib Küsschen, du Kobra."

"Du bist so weit weg."

"Dein Pech."

"Wer weiß." Kora steht auf und kleidet sich an. "Lass dir was einfallen, Freundchen. Mir wird nämlich langweilig. Wenn ich mir vorstelle, dass das noch ne Woche so weitergeht, krieg ich'n Koller."

"Wir haben acht Tage gebucht."

"Aber mit etwas mehr Action, wenn ich bitten darf, sonst lass ich mir von deinem Zögling nicht nur die Füße wärmen."

"Ich hab den ersten Schneemann meines Lebens gebaut", sagt Matthias beleidigt. "Mir bedeutet das viel."

"Na ganz toll super ist das aber", ruft Kora aus. "Und heute bauen wir ihm die Schneefrau dazu, morgen kriegen die zwei eine Schneehütte und so weiter. Und wenn sie dann irgendwann ihre Schneeenkel haben, reisen wir zufrieden, aber unbefriedigt ab. Oh Mann, oh Mann."

"Okay, okay, ich lass mir was einfallen, Süße. Aber pfusch mir nicht dazwischen, kapiert?"

"Was hast du vor?"

"Wirst schon sehen. Morgen früh bist du schlauer."

"Aha."

"Heute verwöhnen wir euch, morgen seid ihr dran", sagt Sven und weist auf den gedeckten Frühstückstisch. "Haben die Herrschaften gut geschlafen?"

"Es ging", antwortet Matthias. "Leider haben nicht alle so ein komfortables Doppelbett wie ihr."

"Wir könnten ja tauschen, wenn Halbzeit ist", schlägt Iris vor.

"Tauschen ist keine schlechte Idee", meint Matthias, grinst und zwinkert Sven zu.

Der nickt etwas unbeholfen zurück und verweist darauf, dass er geheizt, Diesel nachgefüllt und Holz hereingeholt hat. "Ist aber nicht mehr so massig viel draußen. Irgendwie verbrauchen wir zu viel."

"Vielleicht sollten wir die Kohlen verheizen", schlägt Iris vor.

"Da sind erst recht nicht viele" bemerkt Matthias. "Außerdem macht man sich dreckig, wenn man die anfasst. Hab ich gemerkt, als ich meinem Matze Mund und Augen gemacht habe. Morgen kommt der Alte. Der muss für Holz sorgen."

"Ist schon einem aufgefallen, was für geiles Wetter heute ist?" wechselt Sven das Thema. "Ich war vorhin draußen – überhaupt nicht kalt, sag ich euch. Richtig mild."

"Siehste", sagt Kora spitz zu Matthias und lächelt Sven zu. "Hab ich doch gemerkt."

"Und jetzt kommt sogar die Sonne noch raus. Schlage vor, wir machen einen Frühlingsspaziergang."

"Hoffentlich matscht das nicht so an den Füßen", argwöhnt Iris. "Wegen meinen Wildlederstiefeln."

"So schnell taut das hier nicht auf", beruhigt sie Matthias. "Der Boden strahlt Kälte ab, da hält sich der Schnee."

"Kälte strahlt nicht", korrigiert ihn Sven. "Kälte entzieht höchstens Wärme – falls welche da ist. Haben wir mal in der Schule gelernt."

Matthias erstarrt. Langsam wendet er seinen Blick von Iris zu Sven. Er sagt nichts, schaut ihn nur an.

Kora lächelt spöttisch in die Runde, wartet einen Moment und entkrampft die Situation schließlich, als das Schweigen anhält, mit einer Gesangseinlage. "Morgen, Kinder, wird's was geben, morgen kommt der Vaclav an ...", trällert sie und erntet einen Lacherfolg bei Iris und Sven.

Sven und Matthias brauchen einige Zeit, um mit den Ski klarzukommen. Iris und Kora gehen derweil voran.

"Wage es nie, nie wieder, mich mies zu machen vor den Weibern", zischt Matthias Sven zu und experimentiert am

46

Verschluss der Bindung herum. "Versuch das nicht noch mal, sonst lernst du mich kennen, verstanden?"

"Aber was denn, ich hab doch ..." meldet Sven zaghaften Widerspruch an.

"Ob du mich verstanden hast, will ich wissen."

"Schon gut", lenkt Sven ein.

"Na also. Wir sind doch Freunde, oder nicht? Da hält man zum Freund, nicht zur Tusse. Tussi kommt, Tussi geht, aber Freund bleibt Freund. Lektion verstanden?" fragt er leise.

Sven nickt, wagt aber einen Nachsatz. "Ich bin verheiratet im Unterschied zu dir. Außerdem war's nicht so gemeint."

"Akzeptiert, alter Junge", sagt Matthias, nun wieder in der gewohnten Lautstärke, und setzt, bei der schönen Aussicht angekommen, ein Lächeln auf. "Ski heil", ruft er laut ins Tal, wirft einen halb verträumten, halb schaudernden Blick hinab in die Tiefe und stößt sich mit den Stöcken vorwärts, wohl darauf achtend, nicht zu dicht an den Abgrund zu geraten.

"Heil - heil - heil", antwortet das Echo.

Bevor Matthias Abstand gewinnt, wendet er sich zu Sven, zwinkert ihm zu und sagt: "Sei unbesorgt, dein Goldstück will dir niemand klauen." Zu leise, um von Sven noch verstanden zu werden, fügt er hinzu: "Höchstens mal borgen."

Kora und Iris haben sich untergehakt und gehen den Weg von der Hütte bergab, auf dem sie vor zwei Tagen heraufgebracht worden sind. Um nicht mehr als unvermeidbar im hohen Schnee einzusinken, versuchen sie, entweder auf der Kufenspur des Schlittens zu bleiben oder in die Vertiefungen zu treten, die die Pferde im Schnee zurückgelassen haben. Sie halten sich dabei lachend aneinander fest, schieben und schubsen ein wenig. Mal ist es Kora, die ihren Fuß besser setzen kann und laut lacht, wenn Iris daneben tapst, mal ist es umgekehrt. "Wie lange seid ihr eigentlich verheiratet?" fragt Kora.

"Sechs, sieben Jahre ungefähr", antwortet Iris. "Wir haben im Sommer geheiratet, eine Hitze war das. Mir ist das ganze Make-up zerlaufen, so hab ich geschwitzt. Kann aber auch die Aufregung gewesen sein."

"Oder weil du geheult hast."

"Ja."

"Und – nie bereut?"

Iris überlegt einen Moment. "Was jetzt? Dass wir geheiratet haben?"

"Hat's alles schon geben."

"Ach wo. Warum bereuen? Das Baby war ja unterwegs. Und es sollte ja auch nicht unehelich geboren werden. Früher gab's das ja bei uns nicht, aber nach der Wende, da war so was plötzlich wichtig."

"In eurer DDR gab es keine unehelichen Kinder?" wundert sich Kora.

"Na doch, schon. Aber das war eben nicht so wichtig, da hat kein Hahn nach gekräht. War ja alles abgesichert eben."

"Aber jetzt kannste reisen."

"Weiß ich. Aber ..."

"Was aber?"

"Na ja, mir fällt gerade ein, hier, wo wir jetzt sind, ist ja echt super hier – guck mal, das Panorama – hier hätten wir auch hergekonnt damals."

"Matze und ich waren auf Mallorca voriges Jahr. Und zur Hochzeitsreise gehts in die Karibik. Martinique oder Kuba ist angesagt", informiert Kora lapidar.

"Toll", meint Iris und freut sich für Kora. "Kuba konnten wir auch, war allerdings ziemlich teuer."

"Karibik ist heute auch nicht ganz billig. Aber Matze kann sich das leisten. Beim ihm läuft's."

"Wann wollt ihr denn heiraten?" möchte Iris wissen.

"Vielleicht schon sehr bald. Frühling oder so. Keine Ahnung, ist auch nicht so wichtig – und", fällt ihr ein, "Matze mag es nicht, wenn ich darüber rede. Also: pssst."

Iris nickt verständnisvoll. "Aber müssen tut ihr nicht, oder?"

"Unsinn", wehrt Kora ab und lacht. "Überhaupt kein Thema ist das. Laufen schließlich genug Bälger rum, find ich." Sie unterbricht sich kurz. "Na ja, war jetzt nicht so gemeint, hab ich nicht euer Kind mit gemeint, ist hoffentlich klar."

Iris schweigt.

"Bahn frei", ruft Matthias hinter ihnen. Er kommt jedoch nur langsam näher und muss sich mit den Stöcken abstoßen, um nicht stehen zu bleiben, da der Weg nicht steil bergab führt. "Ich komme", schreit er, und sein Gesichtsausdruck täuscht den Rausch von Geschwindigkeit vor.

Sven läuft einige Meter hinter ihm und bemüht sich nicht um Abfahrt, sondern schiebt im gleichmäßigen Wechsel einen Ski vor den anderen.

"Ist das nicht traumhaft, Kinder?" stößt Matthias zwischen zwei kräftigen Atemzügen hervor. "Natur, Natur, so weit das Auge reicht. Nur unberührte Natur. Keine Menschenseele und gar nichts, nur Berge und Schnee und Wald da unten. Dass es so was überhaupt gibt – traumhaft."

"Dann pass mal schön auf, dass du nicht aus Versehen an

der traumhaften Kneipe vorbeifährst, die du uns versprochen hast" erinnert Kora spitz, und Iris kichert.

"Versprochen war gar nichts", klärt Matthias auf. "Gewettet haben wir, sonst nichts. Und wenn ich verliere, dann zahl ich meinen Einsatz wie versprochen. Und wenn schon", fügt er hinzu. "Einer ist immer der Looser."

"Aber nein, du doch nicht", stichelt Kora und tauscht einen kurzen, verschwörerischen Blick mit Sven, der, sich plötzlich kräftig ins Zeug legend, an den anderen vorbeizieht.

"Nur um diese eine Ecke noch", japst Matthias, obwohl er Mühe hat, mit dem größeren Sven mitzuhalten.

"Und dann noch um die nächste, um die übernächste ... – glaub mir, da kommt keine Baude."

"Kann sein, dass du recht hast."

"Kann auch sein, dass der Rückweg noch anstrengender wird, denn der geht bergauf", meint Sven forsch.

"Was du nicht sagst."

"Ich meine ja nur. Schlage vor, wir treten den Rückweg an. Wenn uns danach ist, können wir ja morgen zu zweit weiter runter. Morgen ist schließlich auch noch ein Tag. Außerdem müssen wir auch an die Frauen denken."

"Okay", gibt Matthias auf und hält inne, "kehren wir um. An Frauen denke ich übrigens immer sehr gern. Außerdem hab ich sowieso gewußt, dass hier nichts kommt. Aber ohne die Wette hätte ich euch kaum überreden können, mal Action zu machen. oder?"

"Mich schon."

"Klar, aber die da nicht", meint Matthias und weist mit dem Stock auf die Frauen.

"Umkeeehren!" ruft Sven laut in deren Richtung.

Er wird jedoch nicht verstanden. Erst, als er und Matthias ihre Bretter wenden und damit beginnen, sich selbst bergauf zu bewegen, bleiben Iris und Kora stehen, warten kurz und drehen um.

"Sie haben's kapiert", schnauft Sven.

"Ab und zu kapieren auch Weiber", meint Matthias. "Deine Iris ist ja da vielleicht die Ausnahme", fährt er fort, "aber ich kann dir sagen, manchmal ist es ätzend ..."

"Was'n?"

"Wie blöd die Weiber sind, echt. Na, unwichtig. Hauptsache, dass eine gut drauf ist und die Post abgeht, hab ich recht?"

Sven nickt. "Klar doch."

Matthias sagt eine Weile nichts. "Und?" fragt er dann.

"Was, und?"

"Na, weißt schon. Geht die Post ab?"

"Ach, so", lacht Sven. "Und ob. Kannste wissen, Mann. Da gibt's nichts. Obwohl die Iris ja nicht so attraktiv ist wie deine Kora."

"Wie bitte?!" hält Matthias dagegen und es klingt, als rege er sich sehr auf über diese Bemerkung. "Ich höre wohl nicht recht. Deine Frau ist Spitze, absolut, mein Lieber. Da stimmt nun wirklich alles, glaub mir das. Vielleicht müsste sie noch ein bisschen mehr aus sich machen, Styling und so."

"Stimmt", meint Sven. "Gegen Kora – wie'n Model aus dem Katalog, ich trau mich manchmal kaum hinzusehen, so stark sieht die aus."

"Hoi, hoi, hoi. Da pass mal auf, dass du dich nicht verknallst in die Süße", meint Matthias und lacht. "Oder ist es schon zu spät?", fügt er hinzu.

"Quatsch", sagt Sven.

"Nun werd nicht gleich rot, Großer. Gib zu, du würdest sie ganz gern mal näher kennenlernen, die süße kleine Kora."

"Hab ich noch nicht drüber nachgedacht."

"Belüg mich nicht, Sveni. Du weißt ja, nichts ist unmöglich, das ist meine Devise, schon immer gewesen, aber bitte fair bleiben, Alter, nicht den Kumpel bescheißen."

"Ist nicht meine Absicht."

"Weiß ich doch. Also, was ist? Soll ich mal reden mit Kora, oder willst du sie selber anbaggern?"

"Matze, hör auf."

Matthias zeigt Sven ein breites Grinsen. "Na, wo laufen sie denn, die zwei Pferdchen? Na, wo laufen sie denn? Ach ist der Rasen schön grün."

Sven lacht.

"Da vorne, da laufen sie ja – sind wohl schon richtig läufig, die Hübschen."

Sven lacht lauter.

"Pass mal auf, alter Junge", wird Matthias wieder ernst. "Wir machen hier Urlaub im fernsten Winkel der Welt. Da sind wir völlig unter uns. Da ist alles erlaubt – alles, verstehst du? Und wenn's vorbei ist, war's ein toller Urlaub, mehr nicht. Hier gibt's keine Zeugen, keine Sittenpolizei, keinen Pfarrer und keine Schwiegermutter. Wir können machen, was wir nur wollen. Und glaub mir, die Süßen sehn das genauso. Die geben das bloß nicht zu, verlass dich drauf. Und den Anfang machen die garantiert nicht. Das ist Männersache."

Sven holt tief Luft.

"Na, wie findest du die Idee?"

Sven lächelt versonnen. "Hat was."

"Kora ist ganz schön wild, kann ich dir sagen, die kennt da keine Tabus."

"Tolle Figur, wirklich super. Schön schlank und so freche Titten, da kann man echt nicht meckern."

"Kora hat die spitzeren Titten, deine Iris dafür den geileren Arsch, würde ich sagen" fachsimpelt Matthias. "Obwohl, bei der deinen, da hat man auch oben mehr in der Hand, was?"

"Aber nicht mehr ganz fest", räumt Sven ein.

"Na, ist doch toll, wenn über dir die Glocken läuten", münzt Matthias den vermeintlichen Nachteil um und schnalzt. "Da weißt du, was du hast."

"Bist ein Genießer."

"Na, du doch auch, Sveni. Erzähl mir nicht, das macht dich alles nicht an. Rede dir und mir das nicht ein. Du würdest auch gern mal das Pferdchen wechseln, gib es zu."

"Glaube nicht, dass Iris da mitmachen würde", weicht Sven aus.

Matthias lacht. "Erstens steckt in jeder Frau eine Sau, man muss sie nur rauslassen, zweitens gibt es da auch noch den Alkohol, und drittens können wir ja wieder wetten. Diesmal gewinne ich."

Die Küchenvorräte erweisen sich als ziemlich knapp und nicht unbedingt kompatibel. Für die Gans ist es inzwischen zu spät geworden, aber Matthias hat gemeint, auch aus dem, was an Resten noch da ist, ließe sich mit etwas Phantasie noch was Leckeres zaubern. Deswegen und weil er keine Gaststätte gefunden hat, wird er zu Küchenchef des Tages gekürt. Sven soll assistieren.

"Ob ich die Fischbüchsen mit in das Gulasch tu?" fragt der in einem Anflug von Humor.

"Bist du völlig von Sinnen?!" fragt Matthias zurück. "Wir wollen genießen, nicht kotzen."

"Ihr könnt ja Leberwurst braten", versucht Iris zu scherzen.

"Tolle Idee", meint Matthias, "aber ich esse dann nicht mit. Ich verpflichte mich lieber, diese Dose hier leer zu essen, ohne dass ich vorher weiß, was drin ist."

"Wahrscheinlich Kaviar", vermutet Sven.

"Zwei Brote habt ihr noch", gibt Iris zu wissen.

"Okay, Baby. Kochen wir eine weihnachtliche Brotsuppe. Ich hab mir für besondere Tage schon mal immer mal was ganz besonderes gewünscht. Etwas, was ich noch nie im Leben gegessen habe", meint Sven.

"Immerhin haben wir ausreichend Rotwein", sagt Matthias. Aber der kommt nicht in die Suppe. Der ist für abends, wenn wir den Hunger betäuben müssen", klärt er auf.

Iris lacht.

"Ich würde mich gern baden oder duschen. Wo ist das hier möglich?" fragt Kora, die sich an dem Gespräch bisher nicht beteiligt hat.

"Ungeheuer witzig", antwortet Matthias. "Ich schlage vor, du ziehst dich schon mal aus, und wir reiben dich dann alle mit Schnee ab. Was hältst du davon?"

"Interessantes Angebot. Aber übernehmt euch mal nicht. Ich krieg mich schon alleine sauber."

Zum Abendessen erscheint Kora in einem engen Stretch-kleid, schwarz und sehr kurz. In ihrem blonden Igelhaar befinden sich Strähnchen in Pink, und die Lippen sind kirschrot überzeichnet.

"Geil", ruft Iris. "So toll möchte ich auch mal aussehen. Voll geil find ich das."

"Hast du heute noch was vor?" fragt Matthias scheinheilig.

"Es ist schließlich Feiertag", flötet Kora. "Und Feiertag ist wie Sonntag, und Sonntag ist nicht alle Tage. Da kann man ja mal nett aussehen."

"Wie findsten Kora?" fragt Iris ihren Mann. "Sag auch mal was."

Sven hat Kora bisher nur angestarrt. "Ja, nett eben", würgt er hervor.

"Na, mindestens", schwärmt Iris. "Hach, schade, dass mir so was nicht steht."

"Kannst du ruhig mal probieren", bietet Kora ihr an. "Das ist wie ein Schlauch, passt sich jeder Größe an."

"Essen ist fertig", verkündet Matthias und schlägt mit der Suppenkelle gegen den Topfdeckel. "Jetzt wird serviert."

"Ich will dir ja nicht zu nahe treten", meldet Kora nach den ersten Löffeln vorsichtige Kritik an, "aber irgendwie freu ich mich schon, dass morgen der liebe Vaclav kommt und was Richtiges zu essen bringt."

"Schmeckt es dir nicht?" fragt Matthias beleidigt.

"Doch, doch. Schön heiß, schön scharf und schön fettig, dein Süppchen."

Niemand widerspricht.

"Ein Löffel Creme fraîche hätte eventuell noch rangekonnt", räumt Matthias ein, "geb' ich zu. War aber nicht vorrätig. Zur Belohnung, dass ihr brav aufesst, gibt es zum Nachtisch noch einen Becher des Weines."

"Wer sagt dir denn, dass ich aufesse, Matze?" lästert Kora.

"Ist vielleicht noch was von dem Auflauf da, ich meine, von gestern?"

"Ihr wolltet doch nichts mehr davon", meint Matthias. "Das Zeug ist den Weg alles Irdischen gegangen – ab ins Klo mit der Asche."

"Idiot. Das hätte doch auch heute noch geschmeckt. Und auf alle Fälle besser als das da." Kora schiebt den Teller von sich. "Echt starke Leistung."

"He, Kinder, macht mal hier nicht so auf sauertöpfig", sagt Matthias nach dem Abräumen. Er bringt eine Flasche und vier Gläser. "Wir haben Urlaub und verdammt gute Laune, oder ist da jemand anderer Meinung?"

"Ich nicht", antwortet Iris sofort. "Mach auf."

"Na also, ihr Tüten. Wenigstens einer – oh pardon – eine. Wie konnte ich das übersehen."

Iris lacht.

"Schieb schon rüber, eh", fordert Kora lässig. "Wenn sonst schon nix los ist in dem Schuppen. Trinken wir eben Wein."

"Bier wäre besser", sagt Sven. "Ist was Konkretes."

"Bier trinkst du jeden Tag zu Hause" sagt Matthias. "Jetzt ist Urlaub, da muss mal ein Unterschied sein. Schampus wär' mir zwar auch lieber, geb' ich zu, aber was nicht ist, das ist nicht. Kann aber noch werden", sagt er geheimnisvoll und prostet in die Runde. "Ihr kennt ja meine Devise: Nichts ist unmöglich – also, auf diesen Urlaub."

"Auf uns alle", sagt Iris und strahlt.

"Auf uns alle", echot Kora und verdreht die Augen.

"Runter damit", meint Sven und trinkt sein Glas auf Ex.

Unmerklich bricht die Dunkelheit herein, bevor der Abend kommt. "Wir haben nur noch eine einzige Flasche", ruft Sven besorgt aus der Kammer, wo er den Diesel anwirft. Lampen gehen an.

"Oh, wie schade", antworten die Frauen im Chor.

"Lampen brauchen wir nicht", meint Matthias und zündet statt des elektrischen Lichts Kerzen an.

"Mach mal Musik", befiehlt Kora.

Da das Fernsehen – es gibt nur zwei Sender – keine Musik sendet, verfällt Matthias auf die Idee, den Plattenspieler in Betrieb zu nehmen. Er bemüht sich eine Weile vergebens, überlässt es dann Sven. "Versuch mal du mal. Die Krücke will sich nicht drehen, macht nur immer so Zuckungen."

"Zuckungen sind auch nicht übel", meint Kora hintersinnig und Iris prustet sich fast den Wein aus dem Mund.

Sven setzt den Finger auf die Gummischeibe des Plattentellers und vollführt langsam kreisende Bewegungen. Nach ein paar Minuten lässt er los und ruft "alle mal hersehen!"

"Tatsächlich, der absolute Wahnsinn", lobt Matthias. "Das Ding läuft rund."

"Für so was braucht man eben Gefühl", kommentiert Kora. "Logisch, dass da erst jemand anders ran musste, Matze Stein."

"Schnäuzchen halten, Süße", gibt Matthias unbeeindruckt zurück. "Sind da irgendwo Platten?"

"Der halbe Schrank ist voll", sagt Sven.

"Dann such mal was aus", ordnet Matthias an. "Bin gleich wieder da", sagt er und stürmt die Treppe hinauf.

"Smetana, Polka, Christmas Songs", liest Sven und die Frauen sagen immer nein. "Bitte keine Weihnachtslieder", fleht Kora.

"Ist nichts vernünftiges bei", resigniert Sven, nimmt einen Stoß Schallplatten, fächert ihn auf und hält ihn Iris und Kora hin. "Los, eine ziehen", ordnet er an.

"Schaut mal, was ich hier habe", ruft Matthias im Zurück- kommen und holt hinter seinem Rücken eine Flasche hervor. "Das Asbachzeug ist uralt, steht drauf. Kann ich nicht verantworten, dass es noch älter wird."

"Schnaps passt nicht zum Rotwein", sagt Kora. "Außerdem habe ich schon wieder Hunger. Kann nicht jemand die Gans in den Ofen schieben?"

"Gute Idee", meint Sven.

"Ich hab so was aber noch nie gemacht", gibt Kora zu.

"Die Iris trinkt niemals nicht Schnaps", sagt die Iris. "Den verträgt die Iris nämlich nicht. Man gebe ihr lieber noch ein Glas Rotwein."

"Wenn du den Vogel in die Röhre von dieser Kochmaschine schiebst", bestimmt Kora.

Matthias legt Sven den Arm um die Schulter und flüstert ihm etwas ins Ohr.

"Den hab ich doch für Sylvester ..." antwortet der halblaut.

"Nur eine, Sveni. Die zweite kannste aufheben. Ich bestell außerdem Nachschub beim Alten."

In dem Moment plärrt Blasmusik aus dem Lautsprecher.

"Tarumtata, rumtata buff, buff, buff" stimmt Matthias ein und Iris, die nun doch in der Küche hantiert, bekommt einen Lachkrampf. "Ich brauche Schmalz", ruft sie schließlich.

"Meinetwegen", sagt Sven, "eine Flasche hol ich."

"Und ich hole derweil noch ordentlich Holz rein, damit wir's uns gemütlich machen heute, was", schreit Matthias gegen die Blasmusik an.

"Nehm' ich eben Butter", antwortet Iris laut aus der Küche.

Eine halbe Stunde später glüht die gusseiserne Ofentür, und Matthias schiebt den Tisch aus der Sitzecke direkt vor die Hitzequelle.

"Was soll denn das?" fragt Kora entgeistert.

"Hasse Geruch verbrannten Menschenfleisches", erklärt er. "Und möchte jetzt tanzen. Falls einer stolpert, dann besser nicht an den Ofen ran."

Sven legt nun doch die Weihnachtsplatte auf.

Iris möchte auch tanzen, bekommt aber Probleme mit dem Aufstehen. "Ich glaub, ich hab 'nen Schwips", sagt sie. "Halt mich schön fest, Sveni."

Alle tanzen und singen dabei, soweit bekannt und so laut wie möglich, die deutschen Texte über den Gesang, der von der Platte kommt. "Echt starkes Karaoke", brüllt Matthias viel zu laut zwischen zwei Lieder.

"Morgen Kinder, wird's was geben, morgen kommt der Vaclav an", gibt Kora neu vor und die anderen stimmen ein. Die Begeisterung steigt, als Sven den Plattenspieler plötzlich von 33 auf 45 Umdrehungen stellt. "Mehr Power, nicht so lahm!" ruft er laut und versucht, mit seiner Frau einen Rock'n Roll auf die Hochgeschwindigkeitsversion von Stille Nacht, Heilige Nacht zu tanzen.

Iris fällt zweimal hin, rappelt sich aber wieder auf und lässt sich herumschleudern. Schließlich fällt sie Sven erschöpft in die Arme und sagt: "Ich kann nicht mehr und habe ganz doll Durst." Sie lässt sich fallen, springt aber gleich wieder auf und hastet in die Küche. "Die Gans!"

Matthias folgt ihr. "Feuerchen ist ja fast aus", sagt er.

"Kannst du da was machen?" fragt Iris. "Bitte, bitte."

Matthias nimmt Haltung an, salutiert und ruft. "Grenadier Matze legt nach – und nicht nur Holz. Er haut auch gleich Kohlen ins Loch, dann brennt das von alleine weiter!"

Iris klatscht Beifall.

Matthias stopft die Kochmaschine voll mit Holz und Kohle, wischt sich die Hände an der Hose ab und öffnet mit lautem Knall die Sektflasche, die Sven besorgt hat. Er schenkt die Gläser jedoch nur halbvoll ein. "Wir müssen sparen", sagt er, überlegt es sich dann aber scheinbar anders, geht zurück in die Küche und füllt die Gläser mit Kognak auf. "Prost, ihr Schönen", ruft er schließlich und blickt zuerst Kora, dann Iris in die Pupillen.

Iris strahlt. Ihr Gesicht ist gerötet. "Oh, wie schmeckt denn dieser Sekt seltsam?" wundert sie sich, als sie das Glas mit einem Zug hinuntergegossen hat.

"Matzes Spezialrezept", sagt Matthias. "Heißt Bombe und macht heiß."

"Is heiß genug hier drin", bemerkt Kora und zupft an ihrem Stretchkleid. "Wolltest du es nicht mal anprobieren?" fragt sie Iris. "Bevor ich's noch durchschwitze hier."

Iris zuckt mit den Schultern. "Weiß nicht, ob mir das steht", ruft sie laut gegen die Musik an.

Kora steht auf, stellt den Plattenspieler leiser und auch die Geschwindigkeit wieder zurück auf 33. Zu Kling, Glöckchen, klingelingeling beginnt sie sich lasziv zu bewegen und an ihrem Kleid zu spielen. Nach jeder Drehung wird es, obwohl sowieso schon knapp, noch kleiner. Kora lächelt ihren drei Zuschauern verführerisch zu und sieht ihnen abwechselnd tief und in die Augen. Mehr und mehr nackte Haut kommt zum Vorschein und als das Lied zuende ist, trägt sie außer dem schlauchartigen Gürtel, in den sich ihr Kleid verwandelt hat, nur noch einen schwarzen String-Body. Kora steigt aus dem Schlauch und wirft ihn zu Iris.

Matthias und Sven applaudieren stürmisch, Iris legt das Kleid aus den Händen und klatscht ebenfalls.

"Wo hast du denn das gelernt?" fragt sie mit Bewunderung in der Stimme.

Kora lächelt nur. "Kannst du auch. Wenn du magst, bring ich's dir bei. Aber jetzt zieh erst mal an."

Iris nickt, knöpft sich die Jeans auf, wirft einen Seitenblick auf Matthias und zögert.

"Zieh einfach mal drüber", hilft Kora.

Iris lacht und nickt wieder. "Na klar", sagt sie, steigt in den Schlauch und entrollt ihn über die andere Kleidung. Dann versucht sie, dieselbe elegant darunter hervorzuholen. Bei der Hose geht es ganz gut, mit der Bluse hat sie Probleme und muss ob der unfreiwilligen Komik, die sie bietet, lachen.

"Nun hab dich mal nicht so", sagt Sven, geht zu ihr hin und will helfen.

"Geschafft", triumphiert Iris jedoch im selben Moment, wirft die Bluse von sich und rafft das Stretchkleid weit nach oben über ihre vollen Brüste.

Auch sie bekommt Applaus von allen, lacht und macht ein paar unsichere Schritte und Drehungen.

"Wahnsinnig sexy", ruft Matthias ihr zu.

"Die Träger vom BH sehen aber blöd aus, oder?" zweifelt Iris das Ergebnis an.

"Quatsch", wehrt Kora ab, "die sind genau das Salz in der Suppe. Denk mal an Madonna."

"Okay" stimmt Iris schnell zu, offensichtlich froh, sich nicht noch weiter entblößen zu müssen. "Ich möchte noch so 'ne Bombe" ruft sie und hält Matthias ihr leeres Glas hin.

Der mischt wieder, von den Frauen abgewandt, Sekt mit Weinbrand, gibt das volle Glas zurück und sucht nach einer anderen Schallplatte. "Aha, der Bolero", sagt er entzückt und legt auf. "Den würde ich jetzt gern mit Ihnen tanzen, schöne Frau."

Iris leert ihr Glas. "Aber gerherne", lallt sie ein wenig, steht auf und fällt Matthias wie eine reife Frucht in die Arme.

Sven schielt alsdann verhalten zu Kora hinüber, und die nickt aufmunternd zurück. Wenig später schmiegt sich die beinahe Nackte an ihn und lässt es geschehen, dass seine Hände, erfolglos nach Halt suchend, an ihrem Rücken auf und abgleiten. Als er schließlich sieht, dass seine Frau, an Matthias gelehnt, bereits mit geschlossenen Augen tanzt, wird er mutiger und umfasst mit seinen großen Händen die eher zierlichen Pobacken seiner Tanzpartnerin.

Kora erwidert die Vertraulichkeit mit einem Lächeln und raunt Sven ins Ohr, dass sie dass Gefühl habe, da sei wohl noch jemand dazugekommen.

"Wer denn?" fragt Sven naiv zurück und spürt als Antwort einen freundlichen Schubs ihres Bauches.

Kora kichert leise und bietet Sven ihre Lippen.

"He, die knutschen", petzt Matthias. "Lassen wir uns das gefallen?"

Iris schüttelt den Kopf, ohne die Augen zu öffnen.

"Was die da können, das können wir schon lange, was", flüstert Matthias.

Iris nickt schwach und wehrt sich nicht gegen den Mund, der, an ihrer Stirn beginnend, den Weg über das Gesicht bis zu den Lippen findet.

Während er sich festsaugt, erforschen seine Finger den Rand des Stretchkleides, das eigentlich seiner Frau gehört, tasten sich an die Träger von Iris Büstenhalter heran, öffnen denselben und ziehen ihn mühelos aus dem Kleid hervor. "Sieht ohne sogar noch besser aus", kommentiert Matthias das Ergebnis.

"Du Schlimmer, du", flüstert Iris, umschlingt den Mann mit ihren Armen und zieht ihn wieder fest an ihren Körper.

Ravels Bolero wird kraftvoller, lauter und drängender. Er hat etwas Unbedingtes, zieht in einen Sog und drängt einem Höhepunkt entgegen, dem nicht zu entrinnen ist.

Kora und Sven haben längst aufgehört, Schritte zu setzen. Sie wiegen und reiben sich im Takt der immer eindringlicher werdenden Musik aneinander. Beider Atem geht heftig.

Matthias schielt zu ihnen hin und grinst. Iris hat ihren Kopf auf seine Schulter gelegt und scheint im Stehen zu schlafen. Erst, als er seine Hand an ihren Schenkeln empor unter das Kleid schiebt, bemüht sie sich um mehr Abstand. "Die liebe Iris ist plötzlich ganz doll müde", sagt sie und entwindet sich aus Matthias Armen. Sie verliert dabei das Gleichgewicht, wird aber von Matthias vor dem Hinfallen bewahrt.

"Na los, wir helfen ihr hoch", sagt Matthias und deutet mit einer Kopfbewegung zur Treppe.

Sven kommt dazu. Rechts und links fassen sie Iris unter und stützen sie beim Treppensteigen.

Iris lacht. "Ich bin kitzlig. Ich will in mein Bett, Sveni."

Kora tänzelt den anderen nach und versucht, Sven beim Treppensteigen ins Ohr zu beißen. "Beeil dich", raunt sie ihm zu, "ich halt's schon nicht mehr aus."

Als die Männer Iris im Doppelbett abladen, streckt die ihre Arme hoch in die Luft. "Sveni – kommi auch gleichi, ja?"

"Na klar, Sveni kommt auch gleich", wird sie von Matthias vertröstet. "Ich beschütz dich solange."

"Gute Nacht", murmelt sie. "Darfst Iris ein Küsschen geben."

27. Dezember

"Ich glaube, ich bin heute mit heizen dran", sagt Matthias missmutig und schiebt sich an Sven vorbei in die Küche.

"Küchenofen brennt schon", sagt der. "Ist gleich elf."

"Mach ich eben den andern noch an."

"Und?" fragt Sven.

"Was und?"

"Na ja, weißt schon. Alles roger?"

"Lass mich in Ruhe", meint Matthias. "Kopfschmerzen hab ich."

"Aha." Sven grinst. "Ich kann nicht klagen."

"Halt deine Schnauze", wird Matthias nun deutlicher und geht zum Klo.

Sven deckt, obwohl er nicht dran ist, den Frühstückstisch und setzt Kaffeewasser auf. Hin und wieder hält er inne und lauscht nach oben. Um seinen Mund spielt ein Lächeln.

Matthias kommt zurück, nimmt sich Eimer und Kessel.

"Holste Schnee für Wasser?" versucht Sven ein Gespräch.

Der andere antwortet nicht.

Kurz, nachdem er aus der Hütte ist, steht Kora hinter Sven.

"Einen Kaffee bitte", flüstert sie. "Schwarz und süß wie die Nacht."

Sven zieht sie an sich und versucht sie zu küssen.

Kora verhindert das mit einer geschickten Drehbewegung.

"Wo is'n der Arsch?"

"Matze?"

"Ja, wo is'n der?"

"Im Schnee", beruhigt Sven Kora.

"Da gehört er auch hin", sagt sie und küsst Sven nun doch.

"Du bist lieb", haucht sie.

"Ich liebe dich", flüstert Sven.

"Lass mal gut sein", meint Kora. "Das ist der falsche Text, mein Lieber. Nicht, solange der" – sie zeigt in Richtung Tür – "hier rumschwirrt. Das gibt nur Zoff."

"Ich dachte ..."

"Mann, du hast keine Ahnung. Du kennst den Typen nicht. Versuch mit ihm klarzukommen, so gut es geht, quatscht euch meinetwegen aus, aber mach bloß nicht rum mit mir, wenn der in der Nähe ist."

Sven nickt nachdenklich.

"Iris schläft noch?" will Kora wissen.

"Ja, mehr oder weniger. Ich glaube, ihr gehts nicht so toll."

"Verstehe", sagt Kora mit einer Spur Mitleid in der Stimme. Dann aber blitzt etwas auf in ihren Augen, und sie kommt näher. "Na los, fass mich schnell noch mal an, bevor die Tür aufgeht, ganz fest."

"Oho, du hast ja Wasser", staunt Kora, als Matthias Eimer und Kessel hereinbugsiert.

"Es taut immer noch. Und ich hab den Bach gefunden und aufgehackt, von dem der Alte gesprochen hat. "

"Bist ein Held, Matze. Kann ich endlich Haare waschen."

"Du mit deinen Stoppeln", sagt Matthias abfällig.

"Ach so, ich verstehe", kontert Kora bissig. "Das Wasser ist nicht für mich gedacht. Das hast du für eine mit längeren Haare geholt", greift sie ihn an.

"Unsinn. Ich habe nur meinen Kopf benutzt. Unser Holz ist nämlich fast alle. Und wenn wir das immer zum Schmelzen verbrauchen, bleibt weniger zum Heizen."

"Der Schnee taut nebenbei von selber."

"Bisher haben wir immer Holz verbrannt."

"Können wir ja ändern ab heute."

"Ab heute haben wir Wasser."

"Dann hätt' ich gern eine Schüssel voll warm gemacht zum Waschen. Wenn das bitte möglich wäre. Falls es hier einen Wasserkocher gibt, können wir das ja mit Strom machen und Holz sparen."

"Einen Tauchsieder hab ich irgendwo gesehen, aber der bleibt aus. Diesel ist nämlich genauso knapp und der Motor ist die halbe Nacht durch gelaufen." Matthias nimmt einen Topf aus dem Küchenschrank, schöpft Wasser und stellt ihn geräuschvoll auf den Herd. "So geht das", sagt er bissig.

"Bä-bä-bä", meint Kora und wirft den Kopf in den Nacken. Verärgert blickt sie von einer Ecke in die andere.

Sven brüht wortlos den Kaffee auf.

"Was'n das hier?" fragt Kora und öffnet die Bratröhre der Kochmaschine. "Sollte das die Weihnachtsgans werden? Ist ja zum Lachen. Total verbrannt, würd' ich mal sagen."

"Ach, du liebe Scheiße", brummelt Matthias. "Hat sie total vergessen, das Teil. Ist aber nur von einer Seite verbrannt."

"Iris ist schuld?" fragt Kora spitz. "Wer hat denn hier den Brennmeister gespielt?"

"Du bist schuld", meint Matthias. "Du hast am lautesten nach was zu Essen gekräht."

"Erstens krähe ich nicht, und zweitens ist es wohl normal, dass es Weihnachten 'ne Gans gibt. War bei meinen Eltern immer so."

Matthias winkt ab.

"Und was soll nun werden damit?" fragt Sven.

"Weihnachten ist over", antwortet Kora. "Brauch ich auch keine Weihnachtsgans mehr. Ab ab ins Weltmeer damit."

Matthias nimmt sich eine Tasse, bricht ein Stück Weißbrot und isst es im Stehen.

"Will der Herr heute nicht mit uns frühstücken?" fragt Kora.

"Außer Brot und Marmelade ist nichts mehr. Oder wollt ihr mir den verbrannten Vogel anbieten? Verzichte dankend." Er schlürft etwas von dem Kaffee. "Wird Zeit, dass der Alte kommt."

"Ich glaube, Iris hat nach dir gerufen", sagt Kora zu Sven.

Iris liegt noch im Bett, hat ihr Gesicht im Kissen vergraben. Erst beim Näherkommen hört Sven sie Schluchzen. Hilflos bleibt er stehen. "Iris?"

Das Weinen wird stärker.

"Iris", sagt er leise und streicht ihr über das Haar. "Was'n los? Was is'n passiert?"

"Das weißt du doch", sagt Iris dumpf aus dem Kissen.

"Nein, weiß ich nicht", lügt Sven. "Vor einer halben Stunde bin ich aufgestanden, da hast du noch geschlafen."

"Aber vorher."

"Vorher hab ich auch geschlafen."

"Noch weiter vorher, gestern abend mein ich."

"Gestern abend hast du irgendwie die Gans vergessen, macht aber nichts", sagt Sven.

"Ich mein was ganz was anderes", wimmert seine Frau.

"Ach, Iris", versucht Sven zu bagatellisieren. "Da waren wir alle ziemlich voll, das kannst du doch vergessen."

"Du vielleicht", antwortet Iris und dreht sich zu ihm um. Ihr Gesicht ist verheult und fleckig. "Dieses Schwein ..." fügt sie hinzu, und ihr Blick sucht Hilfe bei Sven.

"Eh, lass doch einfach", sagt der.

"Ich schäme mich so", würgt Iris hervor und beginnt aufs Neue zu weinen.

"Sven", sagt Kora, die plötzlich hinter ihm steht. "Geh mal runter zu Matze, der will was von dir."

Sven dreht sich zu Kora um, blickt daraufhin hilflos zu Iris und dann wieder zu Kora.

"Ich mach das schon", meint Kora. "Lass mich mal bitte mit Iris allein."

"Wir hatten uns gestern was vorgenommen", sagt Matthias trocken.

"Hat ja auch, äh – ganz gut funktioniert ..." stammelt Sven.

"Ich meine was anderes. Wir wollten noch weiter bergab. Los, zieh dich an. Wir laufen Richtung Ort. Ich muss raus hier, verstehst du – raus, einfach raus."

Sven nickt.

"Also dann, auf die Bretter."

"Wollen wir nicht lieber zu Fuß gehen?" schlägt Sven vor.

"Bergauf fand ich das ganz schön anstrengend gestern mit den Dingern an den Füßen."

"Ich habe nicht die Absicht, mich jemals wieder bergauf zu quälen", stellt Matthias klar. "Wir rutschen runter, bis wir den Alten treffen. Dann steigen wir selbstverständlich auf seinen Schlitten."

"Alles klar", meint Sven. "Dass ich da nicht von selber drauf gekommen bin."

Die Abfahrt erweist sich als problematisch. Das Tauwetter hat den Schnee noch stumpfer werden lassen, und nur dort, wo das Gefälle überdurchschnittlich ist, gleiten die Ski noch von selbst.

"Ich muss dich mal was fragen, Matze", beginnt Sven nach einigen Minuten schweigsamer Fahrt.

Matthias geht nicht darauf ein.

"Du, ich will ja nicht neugierig sein, aber wissen würde ich schon gern, was los war."

"Nichts war los."

"Na ja, die Iris hat ziemlich geheult heute morgen. Also die war irgendwie fertig, fand ich."

"Wie schön für sie", meint Matthias sarkastisch.

"Wie meinsten das?"

"Ich sag ja, es war nichts los."

"Immerhin, jedenfalls ..." druckst Sven.

"Jedenfalls, jedenfalls" äfft Matthias ihm nach. "Jedenfalls sitzt der Kopf aufm Hals, und die Beine sind so gestellt, dass der Arsch nicht runterfällt."

Sven lacht verhalten.

"Habe ich gedacht – bis gestern. War aber nicht so. War 'ne ganz müde Nummer, war fast nix, war null, mein Lieber. Und unter uns, dass du klar siehst: Wenn ich gewusst hätte, was für ein trauriges Geschoss das ist, deine Tusse, denn wär mir garantiert noch jemand anders eingefallen für diesen Urlaub."

"Aber Matze", wagt Sven schwachen Protest.

"Nicht mal französisch!"

"Matze, du musst verstehen ..."

"Sterben ist das einzige, was ich muss, merk dir das. Und für den Rest des Urlaubs will ich nur hoffen, dir fällt was ein, mein Freund. Wie du da nämlich den Krampf rauskriegen willst aus der Geschichte."

"Ich weiß nicht."

"Mein Gott, die muss viel lockerer werden. Ich staune, wie du das aushältst mit so 'nem Brett im Bett."

"Iris ist sonst nicht so."

"Ach, nein? Dann lag's wohl an mir, was? Willst du damit sagen, ich kann nicht umgehen mit Frauen?"

"Vielleicht konnte sie sich nicht so schnell einstellen auf dich, kam ja etwas überraschend alles, so insgesamt, meine ich. Iris hat seit Jahren nur mit mir ..."

Matthias schnauft. "Die Glückliche, die – nimm du sie nur immer in Schutz", sagt er. "Hauptsache, du bist selber schön auf deine Kosten gekommen heute nacht, was."

Sven antwortet nicht.

"Ob wenigstens ihr euren Spaß hattet, möchte ich wissen", hakt der andere nach.

"Glaub schon", räumt Sven ein.

"Hab ich mir beinahe gedacht. Ich kenne Kora. So gut, wie die gestern drauf war – da hab ich echt was versäumt, glaub ich. Sex vom Feinsten hattest du, kannst du ruhig zugeben. Da hat nichts gefehlt, wie?"

"Ich hab mich nicht beklagt", gibt Sven kleinlaut zu.

"Wär ja auch noch schöner. Ich glaube, ich war hier wieder mal der Looser bei der ganzen Aktion. Aber das ist schon langsam irgendwie typisch. Da hilft man, wo man kann, reißt sich den Arsch auf für euch, und dann? Fehlanzeige."

"Kannste so nich sagen, Matze."

"Ich finde, ich hab da was gut. Siehst du auch so, oder?"

"Na ja."

"Und ob, mein Lieber. Da lass dir mal was einfallen."

Sven schweigt.

"Okay, Themenwechsel", beschließt Matthias, sagt aber nichts weiter.

Die beiden Männer sind bald über die Stelle hinaus, an der sie gestern umgekehrt sind. Sie gleiten jetzt über Schnee, der, im Schatten des Berges liegend, kälter geblieben ist. Auch führt der Weg zuweilen recht steil bergab, so dass sie hin und wieder Fahrt bekommen.

"Du musst mehr in die Hocke gehen", weist Matthias an, "und immer schön federn in den Knien. Locker sein, immer locker. Darauf kommt's an. Auf den Brettern wie im Bett. Sag das deiner Alten bei Gelegenheit mal." Matthias lacht zum ersten mal an diesem Tag und genießt die Abfahrt.

Sven hat Mühe, nicht zu Fall zu kommen. Er merkt, dass es sich leichter in als neben der Spur des Vordermannes fährt. Allerdings wird er da zuweilen auch schneller als dieser und versucht zu bremsen, um nicht aufzufahren. Das gelingt ihm nicht nach Wunsch. "Matze, ich komme", ruft er, über seine Geschwindigkeit erschrocken, will noch ausweichen, fährt Matthias jedoch von hinten auf die Bretter.

Der verliert das Gleichgewicht und stürzt in den Schnee. "Trottel!" schimpft er.

"Pardon", entschuldigt sich Sven. "Will ja alles erst gelernt sein. Ich glaube ..."

"Mir egal, was du glaubst. Mach deine Augen auf und sieh auf den Weg, Mann. Fällt dir nichts auf?"

"Es ist Wind aufgekommen."

"Unwichtig, Mann. Ich meine was anderes."

"Ich glaube, wir sind irgendwie falsch."

"Und ob! Hier ist keine Schlittenspur, keine Hufe und gar nichts. Nur der unberührte Schnee."

"Scheiße", flucht Sven.

"Kannst du laut sagen. Ist dir aufgefallen, dass sich der Weg mal irgendwo gegabelt hat?"

"Eigentlich nicht."

"Muss er aber", stellt Matthias klar.

"Da unten, da sind Häuser", frohlockt Sven. "Siehst du, da. Das wird eine Abkürzung gewesen sein, runter zum Ort. Noch tausend Meter, schätz ich, dann sind wir wieder auf dem Hauptweg."

Matthias brummt etwas und nickt. "Könnte sein. So steil, wie wir zum Schluss bergab sind, das kann nicht der Weg für die Pferde sein. Also los, verschaffen wir uns Gewissheit", kommandiert er, klopft den Schnee von seiner Kleidung und stößt sich kraftvoll mit den Stöcken ab.

Sven folgt ihm versetzt, nun doch die Spur des Kameraden

meidend.

Nach zehn Minuten ist das erste Haus des Ortes erreicht. Es ist eine Ruine ohne Dach und zweifellos schon vor ewigen Zeiten ausgebrannt. Auch die nächsten Anwesen machen einen verlassenen Eindruck. Überall wächst mannshoch Gestrüpp und in den Fenstern der Häuser ist kein Glas.

"Der Ort ist tot", stellt Matthias fest.

Sven nickt. "Vaclav hat was von 'nem toten Ort gesagt, zu dem man kommt, wenn man irgendwo abbiegt. Weißt du nicht mehr?"

Matthias schüttelt entrüstet den Kopf. "Nee, wirklich. Dann wär ich jetzt nicht hier. Mann, Mann, ist das ein Armleuchter. Da weiß dieser Typ Bescheid und führt einen trotzdem in die Irre. Pass mal auf, du Orientierungswunder, ab jetzt hört hier alles auf mein Kommando. Da oben" – Matthias zeigt mit dem Skistock zum Berg – "läuft der Weg lang. Und dahin geht es jetzt zurück, und zwar schnell. Verstanden?"

Sven nickt.

"Es gibt zwei Möglichkeiten: Entweder wir sind wieder auf den rechten Weg, bevor der Alte mit seinem Schlitten durchkommt, oder wir verpassen ihn. Dann müssen wir die ganze Strecke zurück, und zwar per pedes. Das wär's dann echt gewesen." Matthias löst die Bindung seiner Ski, steckt beide Bretter zusammen und die Stöcke mit dazu. "Apropos zwei Möglichkeiten" sagt er und muss plötzlich grinsen. "Es gibt immer zwei Möglichkeiten. Kennste den?"

"Nö."

"Dann hör zu. Es gibt nämlich immer zwei Möglichkeiten. Entweder wir latschen so zurück, wie wir runter gekommen sind, oder wir nehmen den Pfad da drüben, der steil nach oben führt. Hundert bis hundertfünfzig Meter, dann sind wir wieder auf dem Weg. Aber ohne die Bretter."

Sven nickt und gehorcht. Auch er steigt aus den Ski.

"Also vorwärts", ruft Matthias, "denn es gibt, wie ich sagte, immer zwei Möglichkeiten. Entweder, du kommst als Tusse auf die Welt, oder als Mann. Wirste als Frau geboren, hastes gut. Wirste als Kerl geboren, haste zwei Möglichkeiten."

"Ach ja?"

"Na klar. Entweder, es bleibt friedlich, oder es kommt Krieg. Bleibt's friedlich, haste's gut. Kommt Krieg, haste wieder zwei Möglichkeiten."

Sven hat seine Ski ebenfalls geschultert und trottet hinter Matthias her. Der Pfad, den der entdeckt hat, führt wahrlich recht steil hinauf, ist aber dafür nicht allzu verschneit. Er lässt sich gehen.

"Entweder wirst Soldat, oder bleibst zu Hause. Bleibste bei Muttern, dann haste's gut. Wirste Soldat – na?"

"Dann habe ich zwei Möglichkeiten", schnauft Sven.

"Korrekt. Entweder hast'n Druckposten in der Etappe oder du darfst an die Front. In der Etappe haste's gut, an der Front haste zwei Möglichkeiten."

"Und die wären?" fragt Sven.

"Sei mal still!" herrscht Matthias ihn an und verharrt. "Ich hab da was gehört, glaub ich."

Beide horchen bewegungslos.

"Es klang nach Pferd."

"Wiehern?"

"Nein, schnaufen."

Sven legt die Bretter ab, massiert sich die Schulter und hebt, als Matthias ihn tadelnd ansieht, die Hände hinter die Ohren, angestrengtes Lauschen demonstrierend.

"War wohl nichts – also weiter!" befielt Matthias und setzt den Aufstieg fort. "Wo war ich stehengeblieben?"

"An der Front."

"Exakt. Da hast du natürlich, na, was haste?"

"Zwei Möglichkeiten."

"Entweder du überlebst, oder du wirst erschossen. Bleibst du am Leben, haste's gut. Knalln'se dich ab, hast wie immer zwei Möglichkeiten."

"Ach, ja?" pustet Sven. "Ganz schön anstrengend."

"Ja. Entweder kriegst'n feines Einzelgrab oder du landest im Massengrab."

"Aha."

"Im Einzelgrab haste's gut ..."

"Logisch!"

"Im Massengrab haste wieder zwei Möglichkeiten."

"Jetzt reicht's aber", meint Sven ungläubig und lacht, obwohl er mit Atemnot zu kämpfen hat.

"Durchhalten, Alter."

"Das Bergchen schaff ich schon noch", stöhnt Sven. "Ich meine dein Witz. Was hab ich denn im Massengrab noch für Möglichkeiten?"

"Zwei selbstverständlich. Entweder, sie lassen dich endlich in Ruhe, oder sie buddeln dich wieder aus. Lassen sie dich in Ruhe, hastes gut. Wirste ausgebuddelt, haste wie immer zwei Möglichkeiten. Entweder du wirst zu Seife verarbeitet, oder zu Papier."

"Makaber."

"So ist das nun mal auf der Welt. Wir haben es aber gleich geschafft. Verdammt, ist das schwierig", flucht Matthias.

"Und mit schneien fängt's nun auch noch an."

"Schwierig und schmierig, was?"

"Ist glatter als ich dachte, der Pfad – fast wie Schmierseife", lacht Matthias und setzt fort. "Apropos Seife: Wirste zu Seife gemacht, haste's gut. Machen sie Papier aus dir, dann haste wie immer zwei Möglichkeiten. Entweder wirste zu Zeitungspapier oder zu Klopapier."

Sven lacht laut auf.

"Als Zeitungspapier haste's gut. Als Klopapier haste ..."

"Zwei Möglichkeiten."

"Richtig. Entweder kommst du aufs Männerklo oder auf die Damentoilette. Kommst du auf ein Damenklo, na, dann haste natürlich zwei Möglichkeiten ..."

Matthias bleibt stehen und krümmt sich vor Lachen. "Und wenn ich aufs Männerklo komme?" fragt er atemlos. "hab ich's dann gut?"

"Nee, Alter – dann war dein Leben voll für'n Arsch."

"Und du bist mir wirklich nicht mehr böse?" fragt Iris, als sie die Aufräumarbeiten in der Stube beendet hat.

Kora bringt zwei Scheiben Brot und hält Iris eine davon hin. "Wenn ich's dir doch sage. Mein Gott, du warst betrunken. Außerdem hätte ich besser aufpassen können auf Matze. Ich kenn den doch. War er wenigstens gut?"

Über Iris verquollenes Gesicht huscht zum ersten mal an diesem Tag ein zaghaftes Lächeln. Dann aber schüttelt sie nur den Kopf.

Kora nickt. "Typisch. Erst ist er der Aufreißer und Angeber, dann der Langweiler."

"Eifrig war er schon, aber ..."

"Was aber? Nun sag schon", drängelt Kora. "Wir brauchen doch keine Geheimnisse voreinander haben, oder?"

"Na ja, eher erfolglos, glaube ich."

Kora kreischt spitz auf und lacht. "Du meinst, der Herr hat es nicht mehr gebracht?" fragt sie, nach Luft ringend.

"Könnte man so sagen", bestätigt Iris. "Um so mehr er sich angestrengt hat, um so weniger hat's ihm genutzt, würde ich sagen."

"Das geschieht ihm recht, dem Arsch. Wahrscheinlich hat er zuviel von seinen Bomben getrunken."

"Was'n für Bomben?"

"Weißte nich mehr? Du konntest doch selber nicht genug davon bekommen. Sekt mit Kognak, meine Liebe. Das geht ins Blut."

"Dann wird mir einiges klar", meint Iris. "Ich trinke nämlich keinen Schnaps. Oh, oh."

"Ihr seid mir ja ein Pärchen", sagt Kora fröhlich und sieht aus dem Fenster. "Guck mal, wie schön es jetzt schneit. Dicke Flocken wie aus dem Märchenbuch."

"Ja," bestätigt Iris, und beide schauen eine Weile still nach draußen.

Koras Gesicht wird um so nachdenklicher, je länger sie in den Flockenwirbel sieht. "Alles könnte so schön sein", meint sie zusammenhangslos.

Iris reagiert mit vorsichtigem Nicken.

"Meinetwegen kannst du ihn geschenkt haben", sagt Kora plötzlich. Ihre Stimme verrät Wut. "Er taugt nichts, er ist ein Schwein. Er benutzt die Frauen, er benutzt alle. Matthias hat nur eine einzige Sorge: Irgend etwas zu verpassen. Eine Mark, einen Deal, eine Frau ..."

"So einer ist das? Und wieso bist du dann überhaupt noch zusammen mit ihm?" fragt Iris überrascht.

Kora stößt die Luft aus der Nase. "Warum ist jemand mit so einem zusammen? Warum wohl? Warum ist dein Sven wohl mit ihm befreundet? Die Antwort ist einfach: Weil er es so will. Weil Matze es möchte."

"Aber wenn du nicht möchtest ..."

"Das interessiert ihn nicht. Matze befiehlt. Und irgendwann stößt er mich ab, ganz bestimmt. Aber noch ist es nicht so weit. Noch hat er Spaß an mir. Oder irre ich mich? Hat er dir eventuell schon was versprochen?"

Iris fährt herum. "Um Gottes Willen, nein. Wie kommst du darauf?"

"Was nicht ist, kann noch werden", winkt Kora ab. "Matze kann anweisen, wonach ihm zumute ist. Allemal kann er das. Matze hat die Schuldscheine."

"Was denn für Schuldscheine?"

"Nun tu mal du nicht so ahnungslos", empört sich Kora ein wenig. "Von deinem Sven hat er doch den dicksten, den mit der fettesten Zahl."

"Ach, du meinst das Darlehen."

"Matthias schreibt Schuldscheine immer auf die Rückseite von Visitenkarten. Ist so eine Marotte von ihm. Da sind sie schön handlich, sagt er. Passen in seinen Brustbeutel, das spart den Tresor. Von mir hat er auch welche. Ich weiß nur nicht, wo. Meine trägt er nicht mit sich rum. Ich würde sie ihm klauen, meint er. Und er hat recht."

"Dir hat er auch Geld geliehen?" staunt Iris.

"Nein, nicht direkt", erklärt Kora und überlegt eine Weile. "Bei mir ist das anders. Er ist ziemlich großzügig manchmal, da kann ich nicht meckern. Ich habe ja so meine Ansprüche und Wünsche. Mal teure Schuhe aus Rom, neue Klamotten aus London – kein Problem, wenn er bei Kasse ist. Mal krieg ich was mit, mal ohne Unterschrift. Da kommt mit der Zeit was zusammen."

"Und das will er alles von dir wiederhaben?"

Kora ignoriert die Frage. "Weißt du, wie er früher von seinen Kumpels – als er noch welche hatte – genannt wurde? Wechsel-Matze haben sie zu ihm gesagt."

"Wie war denn das gemeint?" fragt Kora. "Und wieso hat er denn heute keine Kumpels mehr?"

"So und so war das gemeint. Den einen hat er die Bräute ausgespannt, die anderen hat er mit seinen Schuldscheinen fertiggemacht – Wechsel eben. Und manchmal war es auch so und so gleichzeitig, dann gab's den Wechsel auch gegen den Wechsel. Verstehst du nicht, was? Aber ich."

"Und wie willst du deine Wechsel einlösen?" wiederholt Iris ihre Frage von zuvor.

"Wenn ich Pech habe, schickt er mich irgendwann auf den Strich. Bis jetzt war er allerdings ziemlich anständig zu mir. Wenn er meinte, besonders tollen Sex bekommen zu haben, hat er schon mal einen verbrannt. Kam gar nicht so selten vor. Das Schlimme ist, dass er immer was Neues sucht. Nicht nur neue Frauen, sondern auch was Neues bei mir. Er braucht den Kick, den besonderen, sagt er. Zur Zeit mag er es, wenn ich abweisend bin. Er hat Spaß an Widerstand."

Iris schüttelt ungläubig den Kopf und sieht wieder aus dem Fenster. Aus den dicken, gemächlich zu Boden tanzenden Flocken sind inzwischen viele kleine Kristalle geworden, die schräg aus einer Richtung fallen. Einige werden von einer

Windböe gegen das Fenster geworfen. "Die könnten bald kommen, die Männer."

"Besonders der Vaclav", präzisiert Kora. "Nur Weißbrot und Thunfisch hängt mir zum Hals raus."

Iris nickt. "Ich staune", sagt sie nach einer Weile, "dass der reiche Herr Matthias nicht in Kalifornien mit dir ist, auf den Seychellen, oder mindesten auf Ibiza."

"Alles zu seiner Zeit. Momentan hat er keine Kohle. Matze liebt halt das Extreme – auch ohne Geld. Da kam er auf die Idee mit Sylvester in den Beskiden. Mal extrem anders und extrem billig. Hundert Mark pro Woche, so preiswert hatten wir's noch nie."

"Wie ist er eigentlich an diese ..."

"Lubica"

"... an diese Lubica geraten? Ich meine, die stand doch wohl nicht mit einem Schild auf der Straße, wo ein Bild von der Hütte drauf war."

"Garantiert nicht", sagt Kora naserümpfend. "Die steht ganz anders auf der Straße. Und zwar mit'm ganz kurzen Rock."

"Du meinst, sie ist eine ...", erschrickt Iris.

"Vermutlich. Matze lässt leider gar nichts aus. Auch so was nicht. Er kann gar nicht so oft die Beziehungen wechseln, wie er Abwechslung braucht, sagt er."

"Na, hoffentlich ..." sagt Iris zögerlich.

"Ja?"

"Ich hoffe, ich meine, wir können ja nur hoffen und beten, dass sie gesund ist, diese Lubica ..." Iris schluckt.

"Ich weiß, was du meinst", sagt Kora unterkühlt, "und ich habe ich da leider alles andere als ein gutes Gefühl."

"Wieso?"

"Ich hab'n Blick für Junkie-Typen, glaub's mir. Und ich habe Einstiche gesehen. Lubica hängt an der Nadel, garantiert."

"Nein – Scheiße!" sagt Iris empört. "Und da hast du nicht gleich, ich meine, da ist ja AIDS das Nächste, woran man denkt."

"Einen Test? So was tut Matze nicht. Wir müssen alle mal sterben, pflegt er zu sagen. Die einen eher, die anderen auch nicht viel später. Den schleppt niemand zum Test."

Iris hat wieder Tränen in den Augen. "Konntest du mir das nicht gestern sagen, bevor ...?"

"Nun mach dich bitte nicht verrückt", versucht Kora sie zu beruhigen. "Ist ja nicht raus, dass sie positiv war. Und wenn, dann muss sie auch nicht gleich Matze, und der muss nicht gerade dich bei dem einen mal, verstehst du? Was soll ich da sagen? Müsste ich mir ja erst recht 'n Strick nehmen."

"So ein verdammter Idiot", würgt Iris hervor.

"Sag ich doch. Ein Arsch ist das."

"Wenn die nicht bald hier sind, geht unser Feuer aus", stellt Kora fest. "Wir haben kein Holz mehr."

"Überhaupt gar kein Holz mehr?", wundert sich Iris.

"Doch, draußen, hinter der Hütte ist noch welches. Aber ich denk ja nicht dran, da rauszugehen – bei dem Wetter."

"Dann geh eben ich." Iris, die sich wieder etwas beruhigt hat, steigt in ihre Stiefel und nimmt den leeren Korb. Beim Öffnen der Tür weicht sie zurück. "Mein lieber Scholli", ruft sie erschrocken aus, "ist das ein kalter Wind geworden." Und als sie kurz darauf mit dem Holz zurückkommt, schüttelt sie sich den Schnee aus den langen Haaren. "Spitz wie Nadeln sind die Flocken, und eiskalt, sag ich dir. Was haben die Männer eigentlich angezogen, als sie los sind?"

"Keine Ahnung. Pullover, glaub ich."

"Da werden die aber ganz schön fluchen jetzt", vermutet Iris.

"Dem Matze gönn ich das mal", gibt Kora zu und zeigt ein dünnes Lächeln. "Dein Sven tut mir leid."

"Mir auch."

"Na, lass mal. Wahrscheinlich sitzen sie schon bei Vaclav mit auf'm Schlitten und wärmen sich von innen. Außerdem hat der 'ne Decke dabei."

Iris nickt schwach.

"Komm, wir werfen den Diesel an", sagt Iris bei Einbruch der Dunkelheit.

"Kannst du denn das?"

"Klar, ich habe aufgepasst."

"Und ich hab schon wieder Hunger. Wenn hier nicht bald die Fressalien eintreffen, werde ich wütend. Und das wünsch dir besser nicht", schimpft Kora.

"Wir kochen uns ordentlich Tee, und dann machen wir's uns vor der Glotze gemütlich."

Der Empfang ist noch schlechter als sonst. Ein Sender kommt so schwach, dass man kaum etwas erkennen kann, der andere, auch nicht viel besser, bringt einen Tierfilm, dann Werbung, später Nachrichten. Obwohl sie kein Wort verstehen, lauschen Kora und Iris auf ein jedes.

"Ich begreif das nicht. Jetzt müssten sie wirklich langsam kommen", sagt Iris und kämpft mit Tränen.

"Vielleicht ..."

"Was denn – vielleicht?"

"Ach, ich weiß auch nicht. Schau mal, Wetterbericht."
Der Meteorologe unterstreicht seine heftigen, wenngleich unverständlichen Worte mit kreisenden Handbewegungen vor der Wetterkarte. Dann werden Filmbilder eingespielt. Verschiedene Orte sind zu sehen, die Bilder gleichen sich. Sturm, Schneegestöber und eingeschneite Fahrzeuge. Dann erscheint in Großaufnahme das Gesicht des Ansagers. Es sagt noch etwas, und es drückt Besorgnis aus.

"Ich glaub nicht mehr dran", sagt Iris irgendwann. "Die sind irgendwo eingeschneit oder so."
"Das ist doch Unsinn", meint Kora zu wissen. "Als sie los sind, war es Vormittag, schönes Wetter. Bergab geht das schnell, die waren in anderthalb Stunden unten im Ort. Dann haben sie 'ne Kneipe aufgesucht oder sind einkaufen. Allein oder mit Vaclav zusammen, wer weiß. Als dann das Wetter umgeschlagen ist, haben sie wahrscheinlich noch gewartet, wollten nicht bei dem Schneetreiben los. Kann man ja wohl verstehen, oder?"
"Schon möglich", räumt Iris ein.
"Na bitte. So oder so ähnlich ist es gewesen, glaub mir. Als das Wetter dann immer beschissener wurde, haben sie sich gesagt, wir sind doch nicht blöd. Und wahrscheinlich hat Vaclav auch keine Lust gehabt, sich und die Pferde bei dem Schneetreiben in Bewegung zu setzen."
"Klingt logisch."
"Sag ich doch. Die übernachten bei Vaclav unten, das spür ich förmlich. Und morgen nach dem Frühstück brechen sie auf, garantiert."
"Dann müssen wir hier allein bleiben die ganze Nacht?"

schlussfolgert Iris.

"Sieht so aus. Hast du etwa Schiss?" fragt Kora.

"Ganz wohl ist mir nicht bei dem Gedanken."

Kora lacht trocken. "Gottchen, ich dachte, wir hätten die Schnauze voll von den Herren der Schöpfung – nach der letzten Nacht ist das genau richtig für uns, wirst du sehen."

"Meinst du?"

"Es ist nun mal so: Kleine Sünden bestraft der liebe Gott immer gleich. Wir waren alle nicht artig, da gibt's eine Nacht auf Bewährung."

"Wieso alle?" wird Iris hellhörig.

"Was?"

"Wir waren alle nicht artig, hast du gesagt."

Kora schüttelt den Kopf. "Hab ich nicht. Oder doch. Etwas zu eng haben wir wahrscheinlich auch getanzt, dein Sveni und ich. Der da oben sieht alles."

Iris schmunzelt. "Wir sind ja auch ziemlich dicht dran bei dem, hier so oben auf dem Berg."

"Genau", stimmt Kora ein. "Aber das hat auch sein Gutes."

"Und das wäre?"

"Dann sieht der auch, dass wir alles fein brav aufgegessen haben und macht morgen schönes Wetter."

"Wirklich alles?" fragt Iris erschrocken.

Kora zieht die Mundwinkel nach unten und nickt.

"Dann schicken wir die Männer eben auf die Jagd, so wie es früher üblich war", schlägt Iris vor. "Hat der Vaclav nicht so was erzählt – von Jagd-Parties oder Party-Jagden hier in der Gegend?"

Kora hebt die Schultern. "Fasanenjagd, hat er, glaube ich, gesagt. Aber ich habe nicht so richtig zugehört. Das können wir außerdem locker vergessen, denn ohne Gewehr läuft da gar nichts. "

"Ich wünschte, wir hätten eins", meint Iris. "So ganz ohne die Männer wär das nicht verkehrt. "

"Kora", ruft Iris und klopft gegen die Wand.

"Ja?" klingt es dumpf zurück.

Iris steht auf und geht hinüber in das andere Zimmer. "Du, schläfst du schon?"

"Nein. Ich kann nicht."

"Willst du zu mir rüber kommen?"

"Okay." Kora springt auf und geht hinüber. "Prima Idee. Wie spät iss'n das eigentlich?"

"Keine Ahnung", sagt Iris. "Aber ich habe irgendwo einen Wecker, glaub ich." Sie gehen zurück und Iris kramt in ihrer Reisetasche. "Hier ist das Ding. Haben wir bisher gar nicht gebraucht. Dreiviertel Zwölf."

"Gleich Mitternacht schon. Wo schläfst du?"

"Vorne. Fensterseite ist Svenis Bett. Mach's dir gemütlich."

Kora steigt hinein und zieht sich das Federbett bis ans Kinn. "Hu, ist das kalt."

Iris überlegt einen Augenblick. "Meinetwegen", flüstert sie, "komm ein paar Minuten zu mir rüber. Wir kuscheln. Als ich klein war, hab ich immer mit meiner Freundin gekuschelt."

"Ja, fein", haucht Kora und tut, wie ihr geheißen. "Bist echt in Ordnung, Iris."

"Du auch."

"Geht so", meint Kora. "Wir beide werden uns die paar Tage nicht versauen lassen, einverstanden? Und gegen die Kerle halten wir zusammen, okay?"

"Machen wir", sagt Iris leise. "Die sollen uns kennenlernen, die beiden. Mit uns könn' die nicht, wie sie wollen."

"Hunger hab ich", stöhnt Kora.

"Ich auch. Nicht dran denken. Warte mal. Ich habe ..."

"Hast du noch irgendwo was?"

"Pssst."

"Paar Kekse vielleicht?"

"Pssst, sei doch mal still", flüstert Kora ängstlich. "Ich hab da was gehört, glaub ich."

"Einbrecher?"

"Es war ein Geräusch. Das war die Tür."

"Ich höre nichts", meint Kora und fährt im selben Moment hoch. "Doch, da sind Schritte!"

"Iiiris?!"

"Mein Gott, Sven", ruft Iris. "Die sind zurück. Los, schnell, komm runter!"

"Hurra", schreit Kora. "Es gibt was zu futtern."

Beide eilen die Treppe hinab.

Im Halbdunkel des Raumes steht ein Mann.

"Sveni, bist du das?" raunt Iris.

"Wo iss'n Matze?" fragt Kora und sucht tastend nach den Streichhölzern.

Der Mann antwortet nicht, steht nur da. Licht flammt auf. Es ist Sven.

"Sveni, was ist denn los um Gottes willen?" ruft Iris.

Sven bewegt den Mund, aber bringt keinen Ton hervor.

"Wo ist Matthias?" wiederholt Kora ihre Frage.

Sven beginnt zaghaft zu nicken, nickt dann heftiger und nickt und nickt. "Matthias ist tot", sagt er schließlich und hält inne.

Koras Gesicht versteinert.

Iris weint augenblicklich.

* * *

"Da staunt der Vaclav wirklich. Dorf hat Verzeihung geübt. Nach so langer Zeit hat er Verzeihung geübt. Mein Gott, es ist vorbei. Ist endlich vorbei.

So viele Jahre kein Mensch hat den Ort betreten. Weil im toten Dorf, da wohnt der Tod. Zu viele sind nicht begraben. Tod hält sich dann lange. Aber nun ist vorbei, nun keine Opfer mehr.

Einmal, mag sein schon zehn Jahre her, war Reporter da von Bratislava, mit Kamera. Ist gestorben noch im gleichen Monat. Hat den Tod sich mitgenommen. Anderes mal, noch gar nicht so lange, hat der Jiri, wollte nur Haus bauen, Pferd und Wagen angespannt, ist hinauf zum Dorf, um Ziegel zu brechen. Gut gebrannt, doppelt gebrannt. Jiri war Maurer, bescheid hat er gewusst. Trotzdem erschlagen von Balken. Dorf hat erschlagen.

Dorf hat zuviel Tod in sich drin. Vaclav ganz allein lebt. Nur Vaclav kann Ort betreten, Vaclav ist geboren in Ort. Vaclav haben damals alle gekannt, als Deutsche gekommen und sie erschossen. Alle Toten kennen Vaclav, Vaclav war Kind von dem Ort.

Aber nun du, Deutscher, gerade du. Hast Ort betreten, bist an Bergpfad geklettert wie Ziege, weg von Ort. Aber Dorf lässt nicht gehen. Dorf holt zurück und schenkt Tod. Zuviel Tod hat der Ort.

Da liegst du nun still und Vaclav staunt sehr. Was hat Ort

nun im Sinn?

Vaclav hat deine Papiere geschaut. Du Matthias Stein. Du so alt wie Alfred. Wie Alfred damals gewesen. Alfred war gut. Hat nicht geschossen, obwohl Soldat. War zuerst mit dabei, als zusammentreiben taten die anderen. Alfred hat mich gesehen hinter Scheune, die dann so hell gebrannt. Alfred hat Vaclav angeschaut und noch angeschaut und angeschaut. Dann hat er Hand angefasst und ist gerannt und gerannt bis Bergpfad. War Sommer gewesen, viel Strauch. Keiner hat uns gesehen. Dann sind wir Bergpfad geklettert wie Ziegen, immer weiter, weg von Ort. Unten geschossen und immer geschossen, viel Feuer war da. Als Alfred dann so hat geweint, hat Vaclav auch geweint. Dann hat Vaclav zur Hütte geführt. Lange gelaufen. Alfred immer Angst, dass andere Deutsche kommen, immer Gewehr gehabt. Aber nein. Die konnten Hütte nicht finden, weil Vaclav gewünscht hat, dass sie nicht finden. War immer so, mein Freund."

28. Dezember

Svens Kleidung ist von Schweiß und aufgetautem Schnee durchnässt. Zitternd steht er vor den Frauen. Die geröteten Hände erweisen sich als nicht dazu in der Lage, die Sachen vom Leib zu bekommen.

Iris, die immer noch schluchzt, hilft ihm beim Ausziehen.

Kora hat sich gesetzt und starrt mit weit geöffneten Augen wortlos an den beiden vorbei.

Sven klappert mit den Zähnen. "Es war, es war ein Unfall, ein Unfall", stammelt er und greift nach dem Gesicht seiner

Frau, das ihm jedoch entzogen wird. "Er ist abgestürzt. Wir waren fast oben."

"Wo denn oben?" fragt Iris unter Tränen.

"Wir hatten es so gut wie geschafft. Da war das dann so steil, dass man die Hände brauchte zum Schluss. Es war glatt. Mit einer Hand am Berg festhalten, mit der anderen die Ski auf den Schultern, war schwierig."

"Ich verstehe das nicht", jammert Iris.

Kora sitzt noch immer regungslos und starrt in die Luft. Hätte sie nicht plötzlich einen Schluckauf bekommen, könnte man sie für eine Wachsfigur halten.

"Ich hab mich verlaufen. Ich wollte Hilfe holen. Ich wollte in den Ort. Ich dachte, Hunde könnten ihn finden, Bernhardiner vielleicht."

Zeitlupenhaft nimmt Kora die Hände aus den Schoß zum Kopf und hält sich die Ohren zu.

Iris hat Sven vollständig entkleidet und in eine graubraune Decke gehüllt.

"Ich wusste nicht mehr, wo ich war. Ich bin immer nur durch Schnee gelaufen. Ich hatte meine Ski nicht mehr. Die sind mit runter, als Matze das Gleichgewicht verloren hat. Er hat noch so mit den Armen gerudert und nach mir gefasst. Da wär ich fast mit abgestürzt. Hab mich noch irgendwo festgehalten, aber nicht meine Ski. Scheiß-Ski. Brauch ich nicht mehr."

Kora presst sich die Handflächen an die Ohren.

"Ich bin stundenlang gelaufen, bergrunter, immer gelaufen durch den Schnee, später wieder berghoch. Ich dachte, ich komm nie irgendwo an, nie mehr. Nirgends."

Iris hat zu weinen aufgehört, geht in die Küche, entzündet

das Feuer im Herd neu und setzt Wasser auf.

Sven wendet sich nun Kora zu und redet auf sie ein. "Es war seine Schuld, ganz allein seine Schuld. Er wollte diesen verdammten Pfad hoch. Es gibt immer zwei Möglichkeiten, weißt du. Wir hätten auch den langen Weg nehmen können, aber Matze wollte auf keinen Fall Vaclav verpassen. Dieser Pfad geht schräg am Berg hoch, fast wie eine Treppe, aber ohne richtige Stufen. Der Berg ist steil wie 'ne Wand. Es war Wahnsinn bei dem Wetter, viel zu glatt. Matze ist gefallen. Bestimmt hundert Meter, schräg an die Wand geschlagen. Zum Schluss hat er noch Schnee mitgerissen, als er tiefer gerutscht ist, aber da war er schon tot, denke ich."

Koras Hände gleiten langsam an den Wangen herunter. Jetzt erst wendet sie den Kopf leicht herum und sieht Sven direkt in die Augen. In ihrem Blick liegt ein Flehen.

"Der Schnee, alles auf ihn drauf. Alles wie eins, Massen Schnee. Massengrab ..."

Iris stellt eine Schüssel mit Wasser vor Sven ab und hebt seine Füße hinein. "Tee dauert noch", sagt sie tonlos.

"Ich will nichts essen", erwidert er.

Kora bewegt die Lippen, bringt aber keinen Ton hervor.

"Wir haben auch nichts", sagt Iris leise.

"Bitte ...", flüstert Kora.

Sven gelingt es, sich für einen Moment von dem Erlebten zu lösen. "Ihr habt nichts?" fragt er ungläubig. "Ja, war denn der Alte nicht hier?"

Iris schüttelt den Kopf.

"Ich bitte euch, bitte", fleht Kora, und ihre großen grünen Augen beginnen nun feucht zu werden.

"Vaclav ist nicht gekommen?" fragt Sven noch einmal.

Kora greift verzweifelt nach Svens Händen. "Bitte, lasst mich nicht allein heute Nacht."

Irgendwann am nächsten Morgen steht Sven auf, um Holz hereinzuholen. Nur mit Mühe gelingt es ihm, die Außentür so weit zu öffnen, dass er hinaus kann. Er drückt und rüttelt die Schneewehe ein Stück zur Seite, zwängt sich schließlich ins Freie und ist im Nu weiß. Der Sturm bläst ihm ins Gesicht und durch den Pullover. Mit dem Spankorb schaufelt er sich einen Weg bis hinter die Hütte. Dort herrscht Windschatten und der Schnee liegt nicht ganz so hoch. Sven klaubt die letzten Holzscheite darunter hervor.

Wieder in der Hütte, zerlegt er einen der gedrechselten Stühle mit einem kräftigen Ruck seiner Hände und ein paar Fußtritten. "Du brauchst keinen mehr, Matze", murmelt er. Dann heizt Sven die Kochmaschine an und sucht die Küche nach Essbarem ab. Er findet einen Rest Zucker, Marmelade und ein paar Gewürze. Draußen in der Kammer neben dem Dieselaggregat steht im Regal eine Konservenbüchse und eine angebrochene Flasche Öl, auf dem Fußboden liegt die halbverkohlte Gans.

Mit einem Messer trennt er das nach seiner Meinung noch genießbare Fleisch heraus und brät es in einer Pfanne. Die besseren Stücke verteilt er auf drei Teller und schmiert Marmelade darüber. Die Reste löscht er mit Wasser ab und lässt sie köcheln.

"Frühstück ist fertig", ruft er mit dem Tablett in den Händen und öffnet die Schlafzimmertür mit seinem Ellenbogen.
Iris sieht ihn mit ausdruckslosen Augen an. Kora, die noch

schläft, klammert sich mit einem Arm an Iris fest. Den Kopf hat sie eng an deren Brust geschmiegt.

"Nein, ist doch zu kalt zum Essen hier oben", meint Sven und macht kehrt. "Kommt ihr runter, ja?"

"Bevor wir neues Brennholz kriegen, wird erst mal nur die Küche beheizt", legt Sven fest. "Und auch damit ist bald Schluss, es sei denn, wir verbrennen noch ein paar Möbel."

"Ich will hier nicht länger bleiben", sagt Iris und kämpft mit den Tränen. "Ich will hier nicht mehr sein."

"Sieh mal aus dem Fenster", belehrt sie Sven. "Solange das nicht aufhört, schaffst du keine hundert Meter. Wir kommen hier nicht weg heute. Heute bestimmt nicht, das kannste vergessen. Und hör bitte auf mit Flennen. Kora heult auch nicht, obwohl die viel eher Grund dazu ..."

Kora sieht Sven mit einem unbestimmten Ausdruck in den Augen an, sagt aber nichts.

"Wir können doch mit Vaclav fahren", wendet Iris zaghaft ein und bemüht sich, ihre Tränen zu unterdrücken.

"Auch das fällt aus. Der kommt heute nicht."

"Wieso denn nicht? Der hat doch einen Schlitten und starke Pferde und kennt den Weg. Warum soll der nicht kommen? Der wollte doch eigentlich gestern schon hier sein."

Sven schüttelt den Kopf. "Der Weg ist unbefahrbar. Auch für Schlitten. Der würde im Schnee versinken, und die Pferde genauso. Amphibienfahrzeug käme durch, vielleicht auch so 'ne Art Motorbob. Aber wer hat so was schon ..."

"Können wir nicht wenigstens Fernsehen anmachen, wegen Wetterbericht?" bittet Iris.

Sven erhebt sich wortlos, kommt aber nach fünf Minuten wieder, ohne den Diesel gestartet zu haben. "Da sind noch fünf Liter – maximal. Das ist eine Art eiserne Reserve, da geh ich nicht ran. Niemand weiß, wieviel Tage das noch so weiter geht. Und wenn wir nichts mehr zum Heizen haben, können wir immerhin noch Strom erzeugen für heiß Wasser und so. Nein, die paar Tropfen Diesel, die noch da sind, werden nicht für Fernsehen verplempert."

"Sven hat recht", sagt Kora. Es ist das erste, was sie sagt an diesem Tag.

"Wären wir bloß nicht hier her gefahren. Wir müssen doch bekloppt gewesen sein. In diese Einöde, im Winter. Zuhause wär das jetzt gemütlich. Wir würden meine Eltern besuchen, der Lütte spielt mit dem neuen Spielzeug, und im Fernsehn vielleicht ein schöner Märchenfilm. Faul sein, Mandelstollen essen, einfach nur ausspannen zwischen den Feiertagen", spricht Iris vor sich hin. Sie sieht niemanden an. "Letztes Jahr, da war das so richtig gemütlich, hat zwar nicht ge-schneit, aber darauf kann ich gern verzichten. Nächstes Jahr kaufen wir uns auch selbst wieder einen Baum, nicht riesen-groß – muss ja nicht so'n teurer sein, aber schön grade gewachsen. Den schmück ich dann ganz alleine. Plätzchen backen kann man auch selber machen. Als ich Kind war, hat meine Mutter Weihnachten rum immer Plätzchen gebacken. Aber wir müssen ja unbedingt in die Beskiden. Ich lach mich tot über uns, so bescheuert sind wir."

"Also, verhungern müssen wir heute noch nicht", lässt sich Sven aus der Küche vernehmen. "Das ergibt noch so 'ne Art

Gänseresterbrühe, was hier auf'm Herd steht. Paar Gewürze ran, und fertig ist die Suppe. Das stärkt und gibt Kraft."

"Na, toll", kommentiert Iris verächtlich.

"Bin froh, dass ich mir gestern nichts weggeholt habe", meint Sven, auf den Ton nicht eingehend. "Ich hatte gedacht, 'ne Lungenentzündung wär das Mindeste, was ansteht, nach so einer Tour. Ist ja nicht ungefährlich, wenn man abwechselnd friert und schwitzt, und dann dieser kalte Wind auf einmal – ich kann euch sagen. Hab ich echt Schwein gehabt."

Iris hat sich einen Stuhl ans Fenster gestellt, und ihr Blick folgt den vom Sturm gejagten Schneeflocken. Die fallen längst nicht mehr vom Himmel, sondern werden wieder und wieder empor gewirbelt und zu Boden gefegt, nur, um aufs Neue mitgenommen, durch die Luft getragen und anderswo verweht zu werden. "Als Kind", erinnert sich Iris, "konnte ich den Winter schon nicht leiden. Ich wusste nichts anzufangen damit. Spielplatz war leer, nachmittags war es zeitig dunkel, draußen nichts los. Man musste sich mehr mit sich selbst beschäftigen, aber da ist mir selten was eingefallen. Mein Bruder hat dauernd gelesen, und ich hab mich gelangweilt. Hätte ich mal auch gelesen. Der hat später studiert und nicht schlecht verdient, zumindest bis zur Wende. Dann hat sich's gerächt, dass er aufgestiegen war. War er wieder bei Null, der Ärmste.

Ich hab ja mit ach und Krach die Zehnte geschafft und bin zur HO. Na ja, gefuttert und gekauft wurde immer, da gab es kein Problem bei mir, ging nahtlos weiter, als die D-Mark kam. Nur härter isses geworden. Der Job schlaucht ganz schön, den ganzen Tag bei Kaisers an der Kasse. Schluss mit gemütlich und so. Fehler kann man sich nicht leisten, wirste gleich abgemahnt. Macht kein Spaß mehr, auf Arbeit zu gehen. Macht man eh nur fürs Geld. War früher anders. Hätte ich im Winter mehr gelesen, wär ich vielleicht auch schlauer geworden. Dann hätt ich aber was studiert, was nicht politisch ist, Architektur zum Beispiel, oder Biologie vielleicht. Na ja, Ärztin wär ich nie geworden, dazu hätt's auf gar keinen Fall gereicht bei mir, da bin ich realistisch. Aber was Gehobenes im Labor vielleicht, wissenschaftlich und so. Das wär drin gewesen, denk ich mal. Die verdienen ja auch alle nicht schlecht jetzt. Da wär es mir egal gewesen, ob's läuft bei dir, Sven. Hörste, Sveni?"

"Ja, ja."

"Wär mir scheißegal, wirklich. Wär ich ins Reisebüro rein, hätte Karibik gebucht, ohne mit der Wimper zu zucken. Stell dir mal vor, wir beide jetzt unter Palmen. Statt dessen so was hier. Und alles nur, weil ich im Winter nie was richtig mit mir anzufangen wusste. Man hätte mich anstoßen müssen, aber meiner Mutter war egal, was aus mir wird. Wenn man mich nur ein bisschen schubst, dann komm ich schon in die Gänge, stimmt's, Sveni, dann bin ich gar nicht so träge."

"Nein, bist du nicht."

"Führerschein mach ich ja auch bald. Hab ich selbst nicht gedacht, dass ich mich traue. Wenn man mir ein bisschen auf die Sprünge hilft, dann läuft es bei mir. Im Winter würde ich allerdings nicht fahren, ich bin ja nicht wahnsinnig, aber im Frühling gehts los. Nee, Winter konnte ich nie leiden. Den könn sie abschaffen, aber echt."

"Gänsesuppe ist fertig – bitte Platz zu nehmen", ruft Sven ein wenig laut.

"Danke, Sven", sagt Kora um so leiser.

Irgendwann am Nachmittag legt Sven das letzte Scheit Holz in das Feuerloch der Kochmaschine, und eine halbe Stunde später kann er sich bereits seine fröstelnden Hände auf der Herdplatte wärmen. "Ist nicht mehr heiß", sagt er in einem Tonfall, als handele es sich dabei um eine gute Nachricht.

"Spitze", antwortet Iris, die sich vorsorglich einen zweiten Pullover zurechtgelegt hat. "Da kann wenigstens nichts mehr anbrennen."

Kora wirft Iris einen undefinierbaren, halb tadelnden, halb spöttischen Blick zu. "Nehmt es mir nicht übel", sagt sie. "Ich geh ins Bett."

"Jetzt schon?" fragt Sven erstaunt und verlässt seinen Platz am Küchenherd.

"Ja, jetzt ist die Zeit dazu. Ich habe mir schon immer mal gewünscht, richtig auszuschlafen. Außerdem ist das Bett der wärmste Ort."

"Noch ist es hier unten wärmer", widerspricht Sven.

"Aber nicht mehr lange", meint Kora und geht die Treppe so weit nach oben, dass sie von unten nicht mehr gesehen werden kann. Dann bleibt sie stehen.

"Lass sie", meint Iris, als Kora außer Hörweite scheint. "Die muss auch mal allein sein."

"Ich lass sie ja."

"Kann mir gar nicht vorstellen, was mit mir los wäre, wenn das andersrum passiert wäre. Stell dir vor, du wärst gestern abgestürzt und nicht der Matthias. Wenn du da jetzt tot unter dem Schnee liegen würdest, ich glaube, ich wär wahnsinnig geworden. Wie die das aushält – könnte ich nicht."

Sven sagt nichts darauf.

96

"Na, hätte doch sein können, oder nicht?"

"Ja, schon."

"Ich wär verrückt geworden. Wie soll ich denn ohne dich zuhause ankommen? Ich mein jetzt nicht Autofahren, das wäre auch ein Problem, aber das mein ich noch nicht mal. Was ich da sagen soll, wenn ich ohne dich zurück komme, dem Lütten zum Beispiel, oder deinen Eltern – ach, du meine Güte. Deinen Eltern könnte ich das gar nicht beibringen, glaub ich, nee – ich darf gar nicht dran denken."

"Matze und Kora waren ja nicht verheiratet und haben kein Kind."

"Na, Gott sei Dank. Aber trotzdem. Man muss sich das mal klarmachen alles. Gestern hat der noch gelebt und hier mit uns am Tisch gesessen und ..." Iris beißt sich auf die Lippe, presst die Schenkel zusammen und schielt hoch in Richtung Schlafzimmer. Dann schüttelt sie den Kopf und beginnt zu weinen – lautlos diesmal.

"Davon wird er nicht wieder lebendig", sagt Sven. "Das ist sicher alles sehr tragisch, wie es gekommen ist, aber es hat auch alles zwei Seiten."

Iris horcht auf und sieht ihren Mann fragend an.

Der reagiert nicht darauf.

"Na ja, vielleicht hast du recht", sagt Iris. "Die Kora hat mir jedenfalls einiges erzählt über ihn. Das klang nicht gut."

"Was denn so?" will Sven wissen.

"Verschiedenes eben. Sagen wir mal so: Ein Guter war das nicht, der Matthias. Ziemlich gemein war der."

"Zum Beispiel?"

"Ach, weiß ich auch nicht mehr so genau", weicht Iris aus.

"Kannst ja Kora selbst fragen, wenn du willst."

"Was ganz anderes geht mir dauernd durch den Kopf", setzt Sven das Gespräch nach einer kleinen Weile fort. "Was wir diesem Vaclav erzählen, wenn er kommt."

"Ich denke, er kommt heute nicht."

"Dann kommt er morgen oder übermorgen. Da müssen wir doch was sagen wegen Matze, oder?"

"Glaub schon. Der muss ja gesucht werden, der kann ja da nicht liegen bleiben", überlegt Iris.

"Eben. Und wenn einer tot ist, wird sicher auch die Polizei mit rangeholt, könnte ich mir denken."

"Ja, und?" fragt Iris verständnislos.

"Na, denk doch mal nach", fordert Sven. "Ich hab natürlich keine Lust, da irgendwie mit hineingezogen zu werden. Da muss ich mich vielleicht tagelang ausquetschen lassen, wir können nicht nach Hause fahren und so. Weißt ja, wie das ist. Obduktionsergebnis abwarten, erst mal alle befragen, ob der Matze Feinde hatte oder weiß der Geier was."

"Wird sich nicht vermeiden lassen, Sven", meint Iris. "Aber du hast schon recht, das nervt."

"Siehst du. Man sollte das denen vielleicht alles irgendwie anders erzählen. Dass der Matze allein los ist Richtung Ort und nicht zurückgekommen. Dass wir drei die ganze Zeit hier zusammen waren und auf ihn gewartet haben. Dann kann keiner auf blöde Gedanken kommen, verstehst du?"

"Ja, ich verstehe. Aber Kora? Ich weiß nicht."

"Ich werde mit ihr reden", beschließt Sven.

"Du?"

"Ja, wer denn sonst?"

"Ich", sagt Iris lapidar. "Aus deinem Mund klingt das nämlich

so, als ob du was verbergen wolltest, was vertuschen willst –
glaub mir."

Sven knabbert nachdenklich an einem Nagel, den er sich
am Morgen beim Zerlegen des Stuhles eingerissenen hat
und nickt schließlich. "Könntest du recht haben."

Gegen Abend lässt Sven sich dann doch erweichen, den
Diesel anzuwerfen. "Aber nur 'ne halbe Stunde", sagt er und
schaltet den Heizstab im Klo mit an. "Ich glaube nicht, dass
es sich auf den Verbrauch auswirkt, wenn mehr von dem
Strom abgenommen wird, den das Ding jetzt produziert",
denkt er laut nach.

"Keine Ahnung", gibt Iris zu. "Dann haben wir wenigstens ein
warmes Örtchen", meint sie.

Im Fernsehen läuft ein Film mit Delfinen auf dem einen und
eine Schlagersendung auf dem anderen Kanal. Wettermel-
dungen sind nicht in Sicht.

"Bitte, bitte lass Flipper", wünscht sich Iris. "Hab ich immer
so gerne gesehen, da kann ich das hier für 'ne halbe Stunde
vergessen."

"Das Wasser, das du da siehst, liegt vielleicht jetzt hier vor
der Tür – als Schnee", versucht Sven zu witzeln.

Iris zeigt ihm einen Vogel. "Du hast sie ja nicht alle."

"Unmöglich ist das nicht."

"Glaub ich aber nicht."

"Frag doch Kora", schlägt Sven vor.

Statt einer Antwort trifft ihn ein giftiger Blick.

Sven übersieht ihn und geht in die Küche. Umständlich
kramt er in Fächern und Schubläden herum. "Gott sei Dank",
sagt er, als er den Tauchsieder gefunden hat. "Mach ich uns

noch Tee, solange wir Strom haben."

Als er den Stecker in die Steckdose steckt, bricht das Bild des Fernsehers zusammen.

"Eh!" ruft Iris, "bist du bescheuert? Jetzt kamen gerade die Nachrichten, und dann kommt der Wetterbericht."

"Guck aus dem Fenster, dann hast du dein Wetterbericht", meint Sven aus der Küche. "Da hat sich nichts geändert, da ändert sich auch nichts."

Sven hat sich geirrt. Nachdem sie leise, um Kora nicht zu wecken, ebenfalls ins Bett gegangen sind und eine viertel Stunde vergangen ist, dreht sich Kora, die ganz außen am Fenster liegt, zur Mitte hin um. "Hör mal", flüstert sie über Iris hinweg zu Sven, "der Sturm hat aufgehört."

Sven nickt ihr zu und sieht prüfend zu Iris, die sich mit dem Kopf an seine Brust geschmiegt hat. Sie atmet gleichmäßig und tief. "Das ist gut", haucht Sven.

Koras Augen sind weit geöffnet. Ihr Blick geht auf Svens Gesicht spazieren. Sie sagt lange nichts.

Sven schließt seine Augen, Schlaf vortäuschend, hält das aber nicht durch. Als er sie wieder öffnet, lächelt Kora. "Habt ihr Tee gekocht?"

Sven nickt. "Ist noch welcher in der Küche", sagt er leise.

Kora stiehlt sich aus dem Bett und huscht lautlos aus dem Zimmer. Nach wenigen Minuten kommt sie wieder, holt ihre Decke und schleicht damit um das Doppelbett herüber zu Sven. "Los, rutsch mal 'n Stück", befiehlt sie flüsternd.

Iris murmelt etwas Unverständliches, dreht sich dann auf den Rücken und wendet sich schließlich ganz von Sven ab. Der rutscht nach und macht Platz für Kora.

"Ist schöner, wenn du in der Mitte liegst", flüstert die, zieht ihr Federbett über sich und Sven und schmiegt sich an ihn.

"Ich weiß ja nicht recht", haucht er in Koras Ohr.

"Jeder darf mal in die Mitte. Gestern Iris, heute du, morgen bin ich dran – ist doch fair, oder?" erklärt sie, zieht das Bett zurecht und bleibt mit ihren Händen an Svens Körper.

"Suchst du was?" fragt er.

"Alles noch da", antwortet Kora und kichert leise.

"Pssst."

"Ich bin ja schon still", verspricht Kora. "Aber du musst mich dafür in den Schlaf streicheln."

Vorsichtig legt Sven seinen rechten Arm um ihre Hüfte.

"Halt mich fest", bittet sie.

Sven streichelt, soweit seine Lage dies erlaubt, sanft über Koras Leib.

"Fester", fordert sie, "halt mich ganz fest. Hast du Matthias schon nicht festgehalten, dann halte wenigstens mich."

Sven erstarrt für einen Moment in der Bewegung und öffnet seinen Mund, um etwas zu erwidern, doch der wird ihm von Koras Lippen verschlossen.

Nach und nach verwandeln sich Koras schlanke Arme in zwei vorsichtig suchende Schlangen, dann sind ihre Hände plötzlich überall. "Komm", flüstert sie und legt sich auf den Rücken.

Als Sven in sie eindringt, halten sich beide gegenseitig die Münder zu. Mit den Augen verschlingen sie einander.

Noch während Svens erste, vorsichtige Bewegungen das Bett zum Knarren bringen, holt Iris tief Luft und wendet sich um, zurück in ihre ursprüngliche Lage.

Kora verdreht die Augen und Sven hält unwillkürlich inne.

Ängstlich schielt er zu seiner Frau. Auch, als die wieder gleichmäßig atmet, wagt er es nicht, das Knarren des Bettes erneut zu riskieren. Regungslos bleibt er auf Kora liegen und genießt die regelmäßigen Kontraktionen ihres Unterleibes. Die werden rasch heftiger, lassen nach und steigern sich schließlich erneut, um irgendwann in ein Zucken zu münden, das Sven alle Vorsicht vergessen lässt. Er übernimmt Koras Rhythmus und wird, bevor er sein Ziel erreicht, von ihrem spitzen Schrei aus dem Paradies gerissen.

"Ist ja gut", murmelt Iris im Halbschlaf, rappelt sich ein wenig hoch und öffnet die Augen. Sie braucht ein paar Sekunden, um zu begreifen, was sie sieht. "Ach, so ist das", würgt sie hervor und holt zum Schlag gegen Sven aus. Dann lässt sie die Hand wieder sinken, wendet sich ab und weint.

"Nun tröste schon deine Frau", befiehlt Kora, und als Sven nicht reagiert, kriecht sie unter ihm hervor und hinüber zu Iris und streicht ihr übers Haar. "...schuldigung", sagt sie leise. "Sven kann nichts dafür, der wollte das gar nicht. Ich war so einsam, verstehst du, ich hab mal eben Trost gebraucht, nach allem, was passiert ist. Das musst du verstehen, bitte, Iris. Stell dir vor, dein Mann wär da abgestürzt und du ganz allein auf der Welt."

Iris Körper wird von Schluchzen geschüttelt.

"Du, Iris, der Sven, der hat schon so gut wie geschlafen, der hat ja kaum was gemerkt. Ich hab mich rangemacht, weil ich so allein war. Ich hab das nicht ausgehalten, das kannst du verstehen. Ich musste schließlich auch daran denken, was gestern hier in dem Bett passiert ist, vergiss das mal nicht."

Iris erstarrt.

"Gestern ging ja hier auch die Post ab. Da hab ich nichts zu gesagt. Du musst dir das mal vorstellen: Mein Matthias hat den letzten Sex seines Lebens nicht mit mir gehabt, sondern mit einer andern. Vielleicht wollt ich mich rächen, ich weiß nicht. Bitte verzeih mir."

Iris wendet sich um und sieht Kora prüfend an.

"Sven hat wahrscheinlich nicht mal gemerkt, dass ich das bin, der hat geglaubt, das bist du – stimmt's, Sven?"

Iris lächelt schwach durch ihren Tränenschleier.

"Na los, gib dir'n Ruck, Iris", sagt Kora und küsst sie auf die Wange. "Und du mach dich jetzt rüber zu deiner Frau, und bitt sie um Verzeihung, dass du mich mit ihr verwechselt hast. Seine Liebste erkennt man mit geschlossenen Augen, merk dir das ein für alle mal!"

Iris lacht glucksend auf und rutscht dichter an Kora heran, um ihrem Mann hinter sich Platz zu machen.

"Wieder gut?" fragt Kora und gibt Iris ein zweites Küsschen.

Iris nickt und wendet sich kurz um zu Sven. Der küsst sie erst auf das verheulte Gesicht, und saugt sich, als Iris sich wieder zurückdreht, an ihrem Nacken fest, umschlingt ihre Brüste und presst sich von hinten an seine Frau.

"Das war der schönste Orgasmus meines Lebens", meint Kora leise zu sich selbst und lauscht zufrieden dem heftiger werdenden Stöhnen neben sich.

29. Dezember

Der Sturm hat tatsächlich aufgehört. Nur ab und an verirrt sich noch eine schwache Windböe zur Hütte und treibt ein paar letzte Flocken vor sich her.

Sven hat seine Jeans in die Stiefel hineingestopft und eine zweite Hose darüber gezogen. Da er deren Bund nicht mehr schließen kann, lässt er sich von Kora einen Gürtel aus Matthias' Nachlass geben. So bekleidet, kämpft er sich durch den Schnee, der etwa einen halben, hier und da aber über einen ganzen Meter hoch liegt. Sein Ziel ist der Wald.

Iris hat sich ebenfalls angekleidet, ist ein wenig durch das völlig ausgekühlte Haus gelaufen und dann wieder ins Bett gekrochen. Geduldig wartet sie darauf, dass Kora erwacht.

Kora schläft nicht. Seitdem Sven aufgestanden ist, liegt sie wach und denkt nach. Sie verspürt keine Lust, sich mit Iris zu unterhalten. Irgendwann aber hält sie das Versteckspiel nicht mehr aus und öffnet ihre großen Augen.

"Guten Morgen, Kora", beginnt Iris sofort. "Ich hoffe, dass du gut geschlafen hast."

"Morgen – du auch?"

"Ich möchte, dass das erste und letzte mal war", sagt Iris, ohne auf die Frage einzugehen. "Es steht nun eins zu eins, und damit ist gut, okay?"

"Keine Panik", wehrt Kora ab. "Ich nehm ihn dir bestimmt nicht weg. So toll ist er nun auch nicht."

"Klang aber anders heute nacht."

"Unsinn", entgegnet Kora. "Und selber? War's schön?" fügt sie hinzu.

"Das geht dich nichts an. Und ich möchte auch nicht mehr, dass du hier schläfst bei uns. Du hast drüben den eigenes Bett."

"Ach ja?"

"Ach ja – nimm es mir nicht übel. In der ersten Nacht hab ich das noch kapiert, dass du nicht allein sein konntest. Und nun hast du dich, wie ich meine, ganz gut getröstet. Ich finde, es reicht."

"Ich hatte wirklich nicht die Absicht, überhaupt noch eine Nacht hier zu verbringen. Du etwa?"

"Nein, nein", meint Iris, ein wenig verwirrt. "Natürlich nicht. Ich hab ja nur so gemeint."

"Sicher kommt der Vaclav heute. Ach ja – was wollen wir dem eigentlich sagen? Wie es passiert ist mit Matze – habt ihr euch darüber eventuell schon paar Gedanken gemacht?" fragt Kora kühl.

"Gut, dass du davon anfängst", antwortet Iris. "Ich meine, es wär für alle am besten, wenn wir sagen, dass Matthias allein los ist, um nach dem Vaclav Ausschau zu halten. Er, der Skiläufer sozusagen."

"Matze war kein Skiläufer."

"Das ist doch egal – weiß doch eh keiner. Wir sollten besser sagen, dass wir drei anderen die Hütte gar nicht verlassen haben, dann kann man auch keinen länger festhalten hier. Polizei, Ermittlungen und so weiter."

"Ich hab nichts gegen Polizei. Außerdem muss Sven denen die Stelle zeigen, wo es passiert ist. Wie woll'n die denn den Matze sonst finden?"

Iris schweigt.

"Oder habt ihr gedacht, der soll hier im Schnee liegen, bis Frühling wird? Bis ihn wilde Tiere finden?"

"Nein, natürlich nicht", lenkt Iris ein.

"Dann gilt er auf alle Zeiten als vermisst statt als tot. Und ohne Totenschein kein Erbschein – is doch so, oder?"

Iris sagt nichts.

"Könnte ja sein, dass Matze ein Testament gemacht hat, zu meinen Gunsten, wäre ja immerhin möglich."

"Ich denke, der war so fies zu dir", hakt Iris vorsichtig ein.

"Unsinn. Wir haben uns geliebt und wollten bald heiraten. So und nicht anders – dass du da mal nichts durcheinander bringst, klar?"

"Und Geld hat er auch keins momentan, hast du gesagt. Da war nur der Billigurlaub ..."

"Stopp, meine Liebe, so nicht. Matze war nicht flüssig, aber das heißt ja nun wirklich nicht, dass er arm war. Da lebst du wohl noch in deinen Ostvorstellungen. Man kann sogar reich sein und trotzdem Schulden haben."

"Ja, sicher", meint Iris.

"Manche Leute haben allerdings nur Schulden – das gibt's natürlich auch. Matzes Geld arbeitet, meine Liebe, das steckt in Geschäften – oder ist eben zinsgünstig angelegt", lässt Kora mit einem unbestimmten Unterton in der Stimme wissen.

"Schon gut."

"Also muss dein Sveni sagen, wie alles war. Soll ja seine Ordnung haben – oder?" Kora lächelt kaum erkennbar.

Sven hat den Waldrand erreicht. Schwer atmend bleibt er stehen. Trotz der zwei Hosen ist wieder Schnee in die Stiefel gelangt, um sich an Svens Füßen in Nässe zu verwandeln. Missmutig stochert er solange in dem weißen Pulver herum, bis er auf einen Ast stößt. Mit bloßen Händen gräbt er sich zu dem Holz vor und zerrt es an die Oberfläche. Der Ast ist nicht ganz armdick und misst knappe zwei Meter. Immerhin lang genug, um Sven als Stange zu dienen, mit der sich weitere vertrocknete, tief hängende Äste abschlagen lassen. Nach einer halben Stunde Schwerstarbeit hat er ein Bündel Holz zusammen, gerade so groß, dass er es sich unter den Arm klemmen kann. Mühsam stapft er zurück und erreicht die Hütte fast eine Stunde, nachdem er sie verlassen hat.

Aus einer Ahnung heraus oder aus Neugier öffnet er die Tür so leise wie möglich, lässt sich auf einen Stuhl fallen und beginnt, sich aus seiner Kleidung zu befreien. Von oben hört er Streit.

"Das erzähl mal lieber deiner Großmutter", schreit Iris. "Du wolltest dich doch sowieso trennen von dem!"

"Kannst du nicht beurteilen", entgegnet Kora, nicht ganz so laut, aber immer noch hörbar.

"Und ob. Du hast es selber gesagt", erwidert Iris.

"Ich sage viel, wenn der Tag lang ist."

"Das glaub ich dir sogar – du bist ein ganz verlogenes Aas."

"Na fein", schreit nun auch Kora, "ist ja interessant. Und soll ich dir mal sagen, was du bist?!"

"Ich höre."

"Ein eifersüchtiges kleines Miststück, gierig und dumm."

"Ich bin nicht eifersüchtig, aber ich warne dich. Lass deine Finger von Sven. Das ist mein Mann!"

Sven geht zur Tür zurück, greift das Holz, das er erst auf der Schwelle abgelegt hat und lässt es geräuschvoll auf den Fußboden fallen. Dann wirft er die Tür ins Schloss.

Oben wird weiter gesprochen, jedoch nun zu leise, als dass er noch etwas verstehen könnte.

Unschlüssig verharrt er ein paar Augenblicke, beginnt aber dann, die kleineren Zweige zu brechen. Mit ihnen heizt er die Kochmaschine an und setzt Wasser auf. Den langen Ast steckt er, so weit es möglich ist, ins Feuerloch hinein, bereit, nachzuschieben.

Iris ist als erste unten, dicht gefolgt von Kora.
"War ja so laut bei euch oben", begrüßt sie Sven beide. "Hat man bis nach draußen gehört. Ich hoffe, es gab keinen Streit."
"Nur ein bisschen", sagt Kora.
"Alles in Ordnung", meint Iris.
Sven nickt freundlich, küsst Iris flüchtig auf den Mund und Kora auf die Wange. "Wird schon alles gut", sagt er. "Das Holz reicht für den Vormittag."
"Bis Mittag ist Vaclav bei uns", vermutet Kora.
Sven schüttelt den Kopf. "Halte ich für ausgeschlossen", sagt er fest. "Ich habe für die dreihundert Meter bis zum Wald eine viertel Stunde gebraucht. Man versinkt förmlich im Schnee. Da ist kein Vorwärtskommen – nicht hoch und nicht runter."
"Das gibt's doch nicht", hält Kora dagegen. "In den Filmen kommen sie doch auch immer durch den Winterwald – egal, ob's viel oder wenig geschneit hat."
"Ja, mit Propellerschlitten vielleicht, oder wenigstens auf Ski ... " Sven stockt.
"Vielleicht, ja vielleicht schickt er einen Hubschrauber, er muss uns ja irgendwie versorgen, wenigstens was abwerfen müssen die. So sieht man das immer", denkt Kora laut nach. "Die können uns ja nicht verhungern lassen."
"Was is'n?" fragt Iris ihren Mann, der seine Stirn in Falten gezogen hat.

"Nichts, schon gut", wehrt Sven ab, überlegt es sich dann aber anders. "Scheiße, ich muss noch mal dahin."

"Wohin?", will Iris wissen.

Sven antwortet nicht.

Kora geht in die Kammer. "Wir haben noch eine einzige Konservenbüchse", gibt sie bekannt. "Sonst nichts außer Öl, etwas Zucker, Kaffee und Tee."

"Ich habe Hunger wie ein Wolf", sagt Sven.

"Nicht nur du", schließt sich Iris an. "Was ist denn in der Büchse drin?"

"Keine Ahnung", sagt Kora. "Kann kein Mensch lesen, was da draufsteht. Ich schlage vor, wir sehen mal nach", meint sie, hält Sven die Konserve hin und reicht ihm außerdem ein spitzes, scharf geschliffenes Küchenmesser.

Sven tippt mit dessen Spitze prüfend an die Kuppe seines Zeigefingers. "Alle Achtung", sagt er, leckt sich schmatzend einen Blutstropfen ab und legt das Messer ehrfürchtig zurück in den Schubkasten.

Iris kramt ein geeigneteres Instrument aus dem Fach und reicht es ebenfalls Sven.

Sven stellt sich nicht allzu geschickt an, rutscht ab und schrammt sich ein wenig in die Hand. Verärgert betrachtet er seinen Ballen, aber außer einer winzigen Abschürfung ist nichts zu sehen.

"Wer abrutscht, darf noch mal", sagt Iris ohne Mitleid.

"Vorwärts, großer Büchsenöffner" stimmt Kora ironisch zu und lächelt.

Iris wirft ihr einen bösen Blick zu.

"Es ist Rotkraut", teilt Sven mit, nachdem er den Deckel endlich aufgebogen hat.

"Mhh, Blaukraut", schwärmt Kora. "Schön mit Apfelstücken und so."

"Und so – ist gut gesagt. Fünfhundert Gramm zerkochter Matsch, mehr ist da nicht. Geteilt durch drei ist das ein Witz", meint Sven. "Schlage vor, wir gießen noch etwas Öl rein und Zucker auch, damit es ein paar Kalorien kriegt, das Zeug." Es gelingt ihm, den armdicken Ast wieder ein Stück weiter in den Küchenofen zu schieben.

Nach dem kärglichen Mahl holt Sven das Snowboard aus der Schuppenkammer und zieht sich wieder so dick an wie am Morgen.

"Was hast du vor?" fragt Kora.

"Will mal was ausprobieren", gibt Sven ausweichend zur Antwort, zieht Handschuhe über und tritt vor die Hütte.

Iris folgt ihm und schließt die Tür von außen. "Sag mir, wo du hin willst", fordert sie leise.

"Ich muss noch mal zur Absturzstelle. Da liegen meine Ski. Matze hat sie mit runtergerissen, seine und meine. Wenn er mit zwei paar Ski gefunden wird, dann können wir nicht gut sagen, dass er allein los ist. Das glaubt dann keiner."

"Vergiss es", meint Iris. "Kora macht nicht mit. Ich hab mit ihr gesprochen – die denkt gar nicht dran. Die will, dass Matze schnell gefunden wird, damit sie einen Totenschein kriegt."

"Lass mich mal machen", gibt Sven zurück. "Zuerst mal will ich die Ski. Mit Kora komm ich dann schon klar ..."

Iris Blick verdüstert sich. "Ein bisschen zu gut kommst du klar mit der", zischt sie ihn an.

"Geh rein, du erkältest dich sonst", gibt er zur Antwort und öffnet Iris die Tür.

Sven versucht den Weg bergab. Er zieht das Brett hinter sich her und versinkt zunächst, genau wie am Morgen, in den Schneemassen. Nur an einigen Stellen, wo der Sturm es nicht zugelassen hat, dass der Schnee höher als ein paar Zentimeter liegen blieb, kann Sven das Gefälle des Weges nutzen, indem er sich auf das Board setzt, mit den Händen abdrückt und mit den Füßen lenkt. Ein paar Meter kommt er voran, muss dann wieder absteigen und ziehen.

An der schönen Aussicht holt er seine Armbanduhr unter dem Handschuh hervor und liest die Zeit ab. Dann dreht er sich um. Noch kann er die Hütte sehen. "Viertel Stunde für fünfhundert Meter – ist Scheiße", flucht er vor sich hin, "das schaff ich nicht im Hellen". Noch einen Augenblick zögert er, sieht noch einmal auf die Uhr, dann kehrt er um.

"Wo will er den hin – dein Mann?" fragt Kora, die letzten Worte ein wenig in die Länge ziehend.

"Holz holen, was'n sonst?" gibt Iris einsilbig zurück und schiebt demonstrativ das letzte Stück des langen Astes in den Herd.

"Haltet mich bitte nicht für blöd", sagt Kora leise, aber mit Schärfe in der Stimme. "Ich habe mir vorhin erlaubt, aus dem Fenster zu sehen. Sven ist nicht Richtung Wald, er geht den Weg runter. Was will er denn noch bei Matthias?"

"Bei Matthias? Wie kommst du denn darauf? Sven versucht, ob er mit dem Schneebrett bis zum Ort kommt. Er will Hilfe rufen, denk ich", macht Iris einen Erklärungsversuch. "Mit mir spricht er ja auch nicht", fügt sie hinzu.

"Du lügst schon wieder", meint Kora gelangweilt. "Mit dir hat er vorhin sehr wohl gesprochen, als du mit ihm draußen warst vorhin. Kora merkt alles – merk dir das."

Iris schluckt. "Mit dir will er auch noch mal reden", sagt sie.

"Ach ja? Will er das? Was will er mir denn sagen? Da bin ich aber neugierig. Vielleicht, dass er Matthias aus Eifersucht runtergeschubst hat ..."

"Bist du verrückt?!"

"... weil er ..."

"Du bist verrückt!"

"... weil er ...", wiederholt Kora.

"Blödsinn! Sven wusste längst, was passiert war, der war nicht eifersüchtig auf Matze, wir ..."

"... weil er nicht wollte, ..."

"Hör auf, du. Sven und ich, wir hatten uns ausgesprochen, der war nicht eifersüchtig."

"... dass Matthias mich nicht freigibt."

"Was redest du da?"

"Weil dein Sven nicht begreifen wollte, dass ich zu Matthias gehöre. Nach unserer Weihnachtsfeier hat dein Gatte fast die ganze Nacht bei mir geschlafen. Bei mir und mit mir, drei mal, wenn du's genau wissen willst. Und Sven, der hat nicht versagt, meine Süße. Sven hat seinen Mann gestanden. Und er hat mir gesagt, dass er mich haben will, und zwar ganz für sich allein. Da war ihm nur noch Matthias im Weg. Ich hab ihm gesagt, er soll mit Matthias sprechen und klare Verhältnisse schaffen. Na, das hat er dann ja getan, wie es aussieht."

"Das spinnst du dir doch aus, du Schlange", entgegnet Iris mit Tränen in den Augen.

"Ach, frag ihn doch am besten selbst, wenn er zurück ist", schlägt Kora scheinbar gelangweilt vor.

Iris weint. "Sag, dass das nicht wahr ist. Bitte Kora, bitte. Du willst mich nur quälen, stimmt's?"

Kora antwortet nicht.

"Kora, bitte. Sven hat letzte Nacht mit dir geschlafen, weil er sich rächen wollte für das mit Matze, mit mir ..."

Kora lacht.

"Der Sven hat mich noch nie betrogen, und gestern, na das zählt doch irgendwie nicht. Vielleicht hat der uns ja wirklich verwechselt – gut, glaub ich auch nicht so richtig – aber es war doch irgendwie ganz lustig am Ende, für mich auch. Nur erzähl mir nicht, ihr hättet neulich auch schon zusammen, das glaub ich dir nicht."

"Gott, bist du naiv, Kindchen", stellt Kora fest.

Sven ist wieder auf Höhe der Hütte, geht aber nicht hinein, sondern an ihr vorbei. Seinen alten Spuren folgend, begibt er sich wieder zum Wald. Er zieht das Snowboard hinter sich her und kommt besser voran als am Morgen.

Nach einer halben Stunde ist das Brett voll mit trockenen Ästen bepackt. Sven zieht den Gürtel aus der Hose, bündelt das Holz und tritt den Rückweg an. Hin und wieder rafft er die obere Hose, damit sie nicht rutscht.

"Wahrscheinlich hast du recht", sagt Kora. "Diese Streiterei bringt nichts."

"Wir machen uns nur gegenseitig verrückt", nickt Iris.

"Gucken wir lieber, was es in der Röhre gibt", schlägt Kora vor.

"Dazu brauchen wir Strom. Sven hat gesagt, der wird nicht für Fernsehn verschwendet", wendet Iris vorsichtig ein.

"Sven hat gesagt, Sven hat gesagt. Sven sagt auch mal so und mal so, und wir streiten uns dann noch. Haben wir gar nicht nötig", erklärt Kora. "Herr Sven ist weit, und selbst ist die Frau. Hast du nicht gesagt, du weißt, wie das geht mit dem Diesel?"

"Komm mit", sagt Iris dankbar und nickt. "Das geht nur zu zweit."

Sven ist mit sich zufrieden. Die zweite Holzaktion ging ihm wesentlich flotter von der Hand als die erste, und auch die Wegstrecke zwischen Wald und Hütte ist nun schon fast ein Trampelpfad. Für einen kurzen Moment meint er, Licht in dem Fenster gesehen zu haben, dass zur Kammer gehört. Doch nein, da ist alles dunkel. Sven verschnauft, reibt sich das leicht verschwitzte Gesicht mit Schnee ab und nimmt ein wenig davon in den Mund. Fünf Minuten später öffnet er die Tür zur Hütte.

"Deiner Frau ist was passiert." Kora, die das sagt, steht mit hängenden Armen in der Mitte der Stube. Sie sieht ihm fest in die Augen. Dann schlägt sie die Augen nieder und weist mit dem Kopf in Richtung Küche.

Sven geht an ihr vorbei. In der Küche bleibt er stehen. "Wo ist sie?" fragt er.

"Hinten, beim Diesel", antwortet Kora tonlos.

Hastig reißt Sven die Tür zur Kammer auf, geht ein paar Schritte und bleibt wie angewurzelt stehen. Was er sieht, lässt Brechreiz aufkommen.

Iris liegt zusammengekrümmt neben dem Aggregat, den Kopf in einer Lache Blut. Das Gesicht weist nach oben, ist schmerzverzerrt, die Augen sind schreckgeweitet. Im ersten

Moment sieht es aus, als habe sie eine rote Badekappe über ihr langes Haar gezogen. Aber der erste Eindruck täuscht. Haare und Kopfhaut sind anderswo. Einige kleinere Fetzen und Strähnen kleben an dem Riemen, der im Normalfall die Aufgabe hat, Kraft vom Motor unten zum Stromerzeuger nach oben zu übertragen. Ganz oben, dort, wo er über die Scheibe läuft, hängt nun, wie zum Trocknen aufgehängt, nur ein wenig unordentlich, ein großer Lappen aus Haut. Die blauschwarzen Haare dieser Naturperücke haben kaum Blut abbekommen. Sie weisen in alle nur möglichen Richtungen, zum größten Teil wirr, wie ungekämmt, zum kleineren Teil aber auch sehr streng eingedreht. Iris ist tot.

"Sie ist tot!" schreit Sven heraus, und Iris versucht nicht, ihn vom Gegenteil zu überzeugen. Teilnahmslos steht sie hinter ihm. Die Arme hat sie auf dem Rücken verschränkt.

"Iris ist tot", wiederholt der Mann und beginnt rhythmisch Luft durch Nase zu ziehen, stoßweise schnaufend.

"Willst du gar nicht wissen, wie es passiert ist?" fragt Kora nach einer Weile.

Sven sieht sie mit leeren Augen an, sieht scheinbar durch sie hindurch. Er nickt schwach.

"Es war ein Unfall – genau wie mit Matze", sagt Kora leis. "Sie hat mir erklärt, wie das Ding gestartet wird. Ich sollte den Knopf drücken, während sie am Riemen zieht. Und so haben wir es gemacht."

"Die Ärmel", murmelt Sven. "Muss man immer die Ärmel hochkrempeln, dass sie da nicht reinkommen."

"Weiß nicht mal, ob sie gestolpert ist", fährt Kora fort. "Sie hat sich, glaub ich, nur ein bisschen weit runter gebeugt, nur ein Zentimeterchen zu weit."

"... damit sie nicht erfasst werden."

"Erfasst – das ist das richtige Wort. Es waren nur ein paar Haare, vielleicht sogar nur eins. Iris hat aua gesagt, nicht mal laut. Nur so aua eben, wie wenn es ziept beim Kämmen. Ich hab es kaum gehört, der Motor war ja angesprungen. Sie hat nicht geschrien, das wäre lauter gewesen. Iris hat nur kurz aua gesagt und ist nach vorne gezuckt, näher ran an das Ding."

"Keine offene Kleidung, keine offenen Haare ..." flüstert Sven vor sich hin.

"Ja, und dann ist es passiert, dann hat das Scheißding sie skalpiert, ruck-zuck."

"Der Umgang mit offenem Licht ist verboten."

"He, Sveni", ruft Kora ihn an.

"Ich hab die Arbeitsschutzbelehrung nicht unterschrieben."

"Sveni, komm zu dir!" Kora greift nach Sven und rüttelt ihn schwach.

Sven sieht Kora jetzt in ihr schönes Gesicht, und Tränen laufen ihm über das sein. "Iris ist tot", sagt er und lässt den Kopf auf Koras Schultern fallen.

"Ja", sagt Iris. "Iris ist jetzt auch tot." Mechanisch streicht sie Sven übers Haar.

In diesem Moment geschieht etwas sehr Ungewöhnliches für diese Jahreszeit. Es beginnt zu regnen, nicht heftig, aber endlos. Bis zum Abend hat der Regen die Schneemassen in ein unbegehbares Matschfeld verwandelt.

* * *

Vaclav weiß jetzt, warum Ort Verzeihung geübt hat. Wohl wegen Alfred. Alfred hat Vaclav gerettet. "Der Ort hat sich erinnert, oder hat er dich wohl mit Alfred verwechselt. Kann sein, er hat Rechnung gemacht – eins zu eins. Telefon ist wieder in Ordnung. Lubica hat angerufen, hätt ich fast gar nicht gemerkt. Es geht ihr nicht gut. Lubica sagt, dass sie krank und braucht Geld für Medizin. Wir armes Land, aber Medizin wird nicht bezahlt. Deutschland so reich, Lubica soll bezahlen. Vaclav versteht das nicht.

Lubica sagt, Deutsche können mehr für Hütte bezahlen, weil Natur ist so schön. Soll ich euch sagen und noch mehr Geld erbitten. Aber nein, ich mache das nicht. Wort ist Wort, und ihr habt bezahlt.

Ist aber noch ein Grund, sagt Lubica. Sie hat gesagt, war bei Matthias gewesen, bei Matthias im Bett. Vaclav versteht nicht. Seid ihr ein Paar? Hab gesehen, du hast schöne Frau. Hat bei mir vorn gesessen, sehr liebe Frau. Warum dann mit Lubica? Wir müssen reden darüber, von Mann zu Mann, wie man sagt bei euch. Wach auf bald, ich bitte schön.

Telefon ist wieder in Ordnung. Ich habe Doktor angerufen, wird bald kommen. Du schaffst das. Schlafen ist gut, aber nun schon mehr als zwei Tage. Fieber ist auch gut, aber bitte nicht so hoch, ich bitte schön.

Vaclav hat nachgedacht. Kann sein, Lubica ist gar nicht krank, aber bekommt Kind. Lubica manchmal schwindelt ein wenig. Das wäre gut. Lubica ist einziges Enkel von Vaclav und hat selbst noch nicht Kind. Wird Vaclav Großvater. Und du, dass du hier liegst, kann sein, ist Fügung. Lubica war mit dir im Bett. Dorf hat Verzeihung geübt. Möchte wohl sein, das ist Fügung. Ort hat nichts, nur den Tod. Aber Vaclav hat er noch und Enkeltochter. Wenn Lubica ist schwanger von dir, möchte wohl sein, dass Ort darum hat Verzeihung geübt. Deine Stirn ist sehr heiß, Matthias Stein. Ich werde kühlen.

30. Dezember

Gegen Morgen hat der Regen etwas nachgelassen. Es ist fast windstill, aber trübe. Ab und zu löst sich ein matschiger Fladen Schnee vom Dach und patscht laut zu Boden. Davon abgesehen herrscht Totenstille.

"Iris hat diese Stille genossen", erzählt Sven. "Bei ihrem Job auch kein Wunder. Den ganzen Tag das Stimmengewirr und das Klappern der Einkaufswagen. Dazu noch die ständige Musikberieselung, immer die selben Oldies – schrecklich."

"Muss sie ja nun nicht mehr hören", meint Kora.

"Hat sie sich immer gewünscht. Aber dass es so kommt, natürlich nicht."

"Wer wünscht sich das schon."

"Sie wollte unbedingt das Zimmer, damit sie nicht getrennt liegt von mir. Nun liegt sie in der Kammer auf dem kalten Fußboden. Wenn sie wüsste, dass du jetzt bei mir liegst ..."

"... dann würde sie sich im Grabe rumdrehen", beendet Kora den Satz und schielt zu Sven hinüber, um zu sehen, wie der darauf reagiert.

Sven verzieht keine Mine, sondern starrt an die Decke.

"Müssen wir nun eigentlich dauernd über deine Angetraute reden?" fragt sie.

"Mir fällt nichts anderes ein", sagt er.

"Dieser Lebensabschnitt ist aus und vorbei. Jetzt kannst du

richtig was Neues anfangen, und brauchst nicht mal extra 'ne Scheidung dafür. Musst du vielleicht auch mal so rum sehen. Hat alles immer zwei Seiten, hat Matze gesagt. Der war nicht dumm."

"Jetzt redest du über den. Ist auch kein besseres Thema", stellt Sven fest.

"Wir können ja mal über uns sprechen", schlägt Kora vor.

"Über uns beide?"

"Na, ja", meint sie, "was soll'n werden mit uns? Den Morgen nach Weihnachten hast du gesagt: Ich liebe dich. Da hab ich geantwortet, das ist der falsche Text, solange die beiden in der Nähe sind. Nun sind sie weg."

"Vielleicht hätten wir uns das nicht wünschen sollen."

"Oder warste bloß mal eben 'ne Runde scharf auf mich?" fragt Kora beleidigt.

Sven zuckt mit den Schultern.

"Komm mal her", raunt sie versöhnlich. "Na komm schon. Jetzt sind wir die ganze Nacht zusammen im gleichen Bett, und nichts ist passiert. Seit vierundzwanzig, halt – seit über dreißig Stunden haben wir zwei nichts gemacht miteinander. Lässt ja ganz schön schnell nach, dein Interesse."

"Musste jetzt aber verstehen ..." verteidigt sich Sven.

"Gar nichts musst du außer sterben, hat Matze immer gesagt" – sie hält sich erschrocken die Hand vor den Mund. "Entschuldige, wir wollten ja nicht mehr über die reden."

"Schon gut", meint Sven.

"Also, was ist nun?" gurrt Kora. "Ich will das jetzt wissen." Sie schiebt ihre Hand unter Svens Bett und greift zwischen seine Beine. "Wir sind ganz ungestört, mein Herr, Sie dürfen mit mir machen, was sie wollen. Es ist alles erlaubt", flüstert die Frau und wartet auf die Reaktion des Mannes.

Die aber bleibt aus.

"Ach so ist das", stellt sie schließlich beleidigt fest, "nicht mal Halbmast."

Wortlos steht Sven auf und geht hinunter in die Stube. Von dem Holz, das er gestern geholt hat, ist fast nichts mehr da. Es ist überall gleich kalt in der Hütte. Sven geht zum Klo und blickt beim Pinkeln hoch zum Heizstrahler. Der gibt ohne Strom keine Wärme. Strom. Sven muss würgen. Der Magen hebt sich, aber Sven erbricht sich nicht.

Der Schnee vor der Hütte ist zur Hälfte weg geschmolzen. Sven fasst hinein. Was er aufhebt, ist kalt wie Eis, farblos wie Wasser und von einer Konsistenz, die nicht mehr als fest und noch nicht flüssig bezeichnet werden kann. An der Stelle, wo Matthias seinen Schneemann gebaut hat, ist der Matsch nur ein wenig höher als ringsum. Die Kohlestücken liegen oben auf und bilden, wenn man es nicht so genau nimmt, beinahe ein Kreuz. "Noch'n Toter", murmelt Sven und schließt die Tür von innen.

"Ich hätte gern Kaffee, schwarz und süß", meint Kora.

"Wie immer", stellt er fest.

"Natürlich wie immer. Hat sich ja genug geändert in den paar Tagen, soll ich mir da auch noch neue Trinkgewohnheiten ausdenken?"

"Wirst du wohl müssen."

"Wie bitte?"

"Das Holz reicht nicht aus, um Wasser zu kochen."

"Wir haben einen Tauchsieder", erinnert Kora.

"Das ist nicht dein Ernst", erwidert Sven.

"Wieso nicht?"

"Weil du nicht wirklich von mir verlangen kannst, dass ich da raus gehe" – er deutet Richtung Kammer – "den Riemen anfasse, die Haare, die Haut ..."

"Lieber frisst du Schnee und erfrierst, ja?"

"Lieber trink ich Wasser und friere."

"Meinetwegen", lenkt Kora ein. "Dann hol halt Holz und lass dir was gegen meinen Hunger einfallen."

"Wenn ich die Strecke bis zum Wald durchs Wasser wate, kannst du mich wegschmeißen. Da braucht man beheizbare Gummistiefel."

"Ach, Scheiße, Mann", flucht Kora los. "Das ätzt jetzt alles langsam. Echt, das macht kein Spaß", meint sie, kneift dann aber eines ihrer großen Augen zu. "Moment mal", sagt sie, holt einen Stuhl aus der Stube und stellt ihn vor Sven hin. "Ist ja irgendwie logisch, oder?"

Die restlichen Zweige und der Stuhl genügen, um Wasser für Kaffee und noch eine Kanne Tee auf Vorrat zu kochen. Kora thematisiert ihren Hunger, Sven entgegnet, dass es für ihn auszuhalten sei. "Ein Kumpel von mir hat mal eine ganze Woche gefastet, so zur Entschlackung, oder wie das heißt. Er sagt, richtig schwer ist nur der erste Tag ..."

"... also heute."

"Nein, wir haben ja gestern schon angefangen. Der Teller Rotkrautsuppe zählt nicht, der war zum Abgewöhnen."

"Ich kann mir's Essen nicht abgewöhnen", behauptet Kora.

"Geht aber. Der Hunger lässt immer mehr nach, je länger man nichts isst. Irgendwann schüttet dann so eine komische Drüse richtige Glückshormone aus, da wirst du echt happy."

"Echt?"

"Ja, wirklich. Kannste drauf warten", versichert Sven.

"Quatsch alles. Du willst mich bloß trösten", meint Kora. "Ist aber irgendwie lieb" fügt sie hinzu und beginnt plötzlich und vollkommen unerwartet zu weinen. Kora weint laut und hemmungslos. "Zu mir war noch nie jemand lieb" schreit sie nach einer kleinen Minute und bringt ihre Gefühle sodann wieder unter Kontrolle. "Alles Scheiße", sagt sie nach einem letzten Schluchzer, "die ganze Welt ist Scheiße."

Sven nimmt Kora in die Arme und streichelt sie, erst über den Kopf, dann überall. Sie üben den Akt wortlos aus, fast geräuschlos und im Stehen. Als sei es ein Abschied.

Irgendwann gegen Mittag sieht Sven aus dem Fenster und sagt: "Der Matsch ist fast weg. Noch zwei oder drei Stunden, dann kann man da laufen."

"Richtig laufen?" Kora kann es kaum fassen. "Laufen wie ein Mensch auf zwei Füßen, einfach weggehen hier? Runter den Weg zum Auto, einsteigen und nach Hause fahren?"

"Glaub schon."

"Sveni, das ist wundervoll. Da hab ich schon nicht mehr dran geglaubt. Ich dachte, das geht ewig so weiter. Schnee, Sturm, Matsch, Hunger und ..."

"Und?"

"Und der Tod", fügt sie leise hinzu.

"Nein. Wir warten noch etwas ab, packen das Nötigste ein und gehen runter in den Ort. Nicht in das tote Dorf, sondern ganz runter. Dann setzen wir uns in eins von unseren Autos und fahren zur Polizei, oder Miliz heißt das hier, glaub ich. Nein, vorher fahren wir erst in ein Restaurant und bestellen uns was Ordentliches. So richtig mit Vorsuppe, Hauptgericht und Nachspeise."

Kora grient. "Scheiß drauf", sagt sie glücklich. "Ich scheiß auf deine Miliz. Wir brauchen die nicht. Ich will nach Hause. Ich will ganz schnell nach Hause, verstehst du? In Berlin könn' wir ja immer noch zu den Bullen. Denen erzählen wir, was hier los war, machen eine genaue Ortsangabe und du machst 'ne Skizze, dass sie die Hütte finden und die Stelle, wo der Matze runtergefallen ist, und dann können die sich mit den Kollegen hier einig werden, wer aufräumt. Ich hab die Schnauze voll."

Sven nickt. "Recht hast du. Bloß meine Ski würde ich gern noch mitnehmen – das liegt sozusagen auf dem Weg."

"Deine Ski?" fragt Kora, jede Silbe in die Länge ziehend. "Was willst denn du mit deinen Ski? Sind die aus Gold oder was? Willst du so was wie das hier etwa noch mal machen? Hast du die Schnauze nicht auch langsam gestrichen voll von Wintersport?"

"Is ja schon gut", wehrt Sven ab. "Vergiss es. War nur so'n Gedanke von mir. Dass die nicht neben Matze gefunden werden und vielleicht noch so'n Hirni denkt, ich hätt' Schuld, dass er da ..."

Kora sagt nichts, sondern denkt nach. Sie wirkt ernüchtert.

"Ich meine, das wär ja blanker Schwachsinn. Aber du weißt doch nie, wie blöd die Typen denken, nich?"

Kora sieht Sven sehr ernst an. "Schwör mir, dass du's nicht verhindern konntest", sagt sie trocken.

"Wie kommst denn auf so was?" fährt er hoch.

"Du sollst schwören."

"Bitte, bitte, meinetwegen", ereifert sich Sven. "Ich hätte es verhindern können. Ganz, wie du meinst. Ich hätte warnen können, dass der Pfad zu glatt und zu steil ist – okay. Aber es hätte nichts genützt. Das Kommando hatte voll dein Matthias übernommen, und der hätte nicht auf mich gehört. Vielleicht wär er dann drei Sekunden später los und hätte seine Füße drei Schritte anders gesetzt. Vielleicht, vielleicht, vielleicht. Vielleicht wär er dann nicht abgestürzt."

Kora nickt. "Vielleicht hätte ich Iris warnen können, dass sie da mit den Haaren nicht rankommt. Vielleicht hätte ich sie sogar zurückreißen können oder ..."

"Oder?" fragt Sven.

Kora wendet sich ab.

"Oder was?"

Kora atmet tief durch.

"Oder was, Kora, bitte! Kora? Kora, stimmt das?"

Sie dreht sich zurück und sieht ihn fragend an.

"Hättest du den roten Knopf noch drücken können?"

"Hab ich gedrückt."

"... eher drücken können? Du musst die Finger ja fast noch da gehabt haben. Sie hat am Riemen gezogen, du hast den Startknopf gedrückt. Hättest du nicht sofort – fast zeitgleich, verstehst du – sofort, als Iris aua gerufen hat, auf den roten drücken können?" fragt Sven atemlos.

Kora schweigt ein wenig, knabbert an der Unterlippe. Dann sagt sie: "Nein. Es ging mir alles viel zu schnell. Hättest du Matthias vielleicht festhalten können?"

"Was nehmen wir mit?" fragt Sven und wirft einen Kontrollblick aus dem Fenster. "Der Matsch ist so gut wie weg. Ich seh schon Steine und Gras", frohlockt er.

124

"Nur, was wir brauchen bis Deutschland. Papiere, Geld und paar Klamotten. So die etwas besseren, mein ich. Muss schließlich alles in eine Reisetasche passen, die wir beide zusammen tragen, ja?"

"Seh ich auch so", stimmt Sven zu.

"Auf den Rest kann ich verzichten."

"Ich auch. Also los."

Sven und Kora packen. Ihre und seine Stiefel reibt er mit dem übriggebliebenen Speiseöl ein, um zu verhindern, dass sie nach den ersten Schritten durchnässen. "Na gut, dass wir uns warm angezogen haben", sagt er beim Verlassen der Hütte. "Ist nämlich ordentlich kalt geworden." Er macht einen forschen Schritt nach draußen, verliert augenblicklich das Gleichgewicht und schreit auf.

"Was ist denn los?" ruft Kora, tritt nach Sven aus der Tür und liegt im gleichen Augenblick neben ihm. Mit einer Hand befühlt sie den Boden. Er ist eiskalt, hart und glatt.

"Los, hilf mir hoch, verdammte Scheiße", ruft Kora, rappelt sich dann aber selbst auf und sieht zu, wie Sven versucht, auf die Beine zu kommen.

"Geht nicht", stöhnt der. "Mein Fuß, der Fuß, verdammt, der tut so höllisch weh." Ein Bein schleifen lassend, drückt Sven sich in den Sitz und rutscht rückwärts zur Tür.

Kora greift unter seine Achseln und hilft ihm in die Hütte. "Sag bitte nicht, du hättest dir was gebrochen. Sag das jetzt bitte nicht!" droht sie und schnauft vor Anstrengung.

"Ob ich es sage oder ob ich es nicht sagen tu", presst Sven zwischen den Lippen hervor.

"Ist vielleicht nur so 'ne Art Krampf", hofft Kora. "Komm, ich massier mal ein bisschen ..."

"Au!" brüllt Sven erneut, als sie seinen linken Fuß berührt. "Willst du mich umbringen?"

Kora antwortet nichts, sondern lässt sich statt dessen auf einen der verbliebenen zwei Stühle fallen. "Womit hab ich das verdient?", fragt sie mit hängendem Kopf. "Ob mir wohl irgend jemand auf der Welt erklären könnte, womit ich das verdient habe? Zwei Tote und ein Krüppel, nichts zu essen und niemand, der mich aufweckt und sagt, ich hätte schlecht geträumt. Sven, ich geb mir die Kugel."

"Ich muss aus diesem Stiefel raus, bevor die Schwellung so stark wird, dass nichts mehr geht", antwortet Sven. "Bitte, Kora, sei ganz vorsichtig, ja?" Er blickt sie flehend an und beißt die Zähne zusammen.

Kora wischt sich mit der Hand über's Gesicht und wirft einen Blick auf den Fuß. "Sieht doch eigentlich ganz normal aus. Denk einfach an was anderes", schlägt sie vor. Dann aber besinnt sie sich eines besseren und beginnt mit vorsichtigen Griffen, den Schnürsenkel zu lockern.

Sven hält es ein paar Sekunden aus, schreit aber, sobald sie tiefer kommt. "Aufhören", befiehlt er. "Hol mir die Schere aus der Küche, schnell."

Aber auch der Versuch, den Senkel damit zu zerschneiden, führt zu nichts. Sven lässt sich dann eine Rasierklingen aus seiner Waschtasche geben, knackt den Plastmantel mit der Schere und nimmt die winzige Klinge zwischen Daumen und Zeigefinger. Vorsichtig durchtrennt er den Schnürsenkel an mehreren Stellen, fasst behutsam nach und versucht, das Leder des Stiefels zu weiten. Nach ein paar Minuten lässt er sich mit schmerzverzerrtem Gesicht nach hinten fallen.

"Mach mal die Augen zu", sagt Kora mit Entschlossenheit im Blick.

"Nein!" schreit Sven, aber es ist bereits zu spät. Bevor er seinen Oberkörper aufrichten kann, hat Kora sich den Stiefel gegriffen, fest zugepackt und ihn mit einem einzigen Ruck vom Fuß gezogen.

Sven stehen plötzlich Tränen in den Augen. "Danke", sagt er jedoch, "es ging wohl nicht anders."

Kora holt einen Eimer mit Wasser, hilft Sven auf den Stuhl und hebt seinen nun bereits deutlich angeschwollenen Fuß hinein.

Nach einer Weile klappert Sven mit den Zähnen vor Kälte, obwohl ihn Kora in eine Decke gehüllt hat. "Die Kühlerei bringt nichts", entscheidet er. "Kannst du mir vielleicht einen Verband machen?"

"Woraus?"

"Keine Ahnung. Zerreiß eins von den Bettlaken aus eurem Zimmer. So, dass eine lange Bahn entsteht."

"Meinetwegen", ergibt Kora sich ihrem Schicksal und tut, wie ihr geheißen. Nachdem sie Sven mehr schlecht als recht bandagiert hat, geht sie noch einmal hinaus vor die Tür. "Spiegelglatt ist untertrieben", lässt sie wissen. "Außerdem dämmert es schon."

"Da kommt keiner mehr hoch zu uns heute."

"Also noch eine Nacht ..."

Sven ist mit Koras Hilfe auf einem Bein die Treppe hinauf gehumpelt, hat sich in sein Bett gelegt und bis unters Kinn zugedeckt.

Kora hat alle Kerzen, die sie finden konnte, angezündet, auf

Holzbrettchen geklebt und links und rechts der Betten auf die Nachttische gestellt.

Obwohl die ein wenig Wärme verbreiten, zittert Sven am ganzen Körper. "Kriegt man Fieber, wenn man sich den Fuß bricht?" fragt er.

"Keine Ahnung. Mir ist auch kalt. Und ich hab außerdem Hunger. Dir ist nichts eingefallen gegen meinen Hunger. Du bist deiner Rolle als Mann nicht gerecht geworden, könnte man sagen. Als Beschützer und Ernährer bist du untauglich, mein Lieber. Bist ein noch größerer Versager als Matthias. Gute Nacht."

"Vielen Dank für die Blumen. In meinem Fuß pocht es wie verrückt."

"Von deinem gottverdammten Fuß will ich schon gar nichts mehr hören", bekundet Kora. "Wir könnten längst im Auto sitzen und alles hinter uns gelassen haben, wenn dein Fuß nicht wäre."

"Könnten wir nicht", widerspricht Sven. "Wenn mir nichts passiert wäre, hätten wir den Abstieg auch nicht geschafft bei der Glätte. Da kommt keiner runter oder hoch."

"Und wann kommt der Hubschrauber?"

"Hubschrauber?"

"Du hattest mir einen versprochen. Du hast gesagt, dass der Vaclav uns entweder einen Propellerschlitten oder einen Hubschrauber schickt mit was zu Essen", beharrt Kora.

"Das habe ich nicht gesagt", erwidert Sven.

"Kannst du mir bitte verraten, wozu es Männer gibt?", fragt Kora giftig. "Sie verdienen haufenweise Geld mit Vermieten von Berghütten und kümmern sich nicht um ihre Gäste, sie erfinden tausend verschiedene Hubschrauber und lassen sie nicht fliegen, sie schwören einem die große Liebe und – ach, vergiss es!" sagt sie, winkt ab und bläst die Kerzenstummel aus. "Nicht, dass wir hier am Ende noch abbrennen."

31. Dezember

In der Nacht ist Sven immer, wenn er sich drehen wollte, vom schmerzenden Fuß aus dem Schlaf gerissen worden. Irgendwann gegen Morgen jedoch ist er fest eingeschlafen. Als er nun seine Augen öffnet und sieht, dass es Tag ist, weiß er zunächst nicht gleich, worin sein Problem besteht. Schlaftrunken wirft er die Bettdecke zur Seite und schickt sich an, aufzustehen.
Der verletzte Fuß reagiert mit einer gewissen Verzögerung, aber ausgesprochen schmerzhaft auf diese Unüberlegtheit. Sven schreit auf wie angestochen.

Kora hört ihn nicht. Sie ist schon seit über einer Stunde auf den Beinen, hat Wetter und Bodenverhältnisse geprüft und für gut befunden. Die relativ milde Nacht hat den gestern noch so eisigen Belag, der die Landschaft überzogen hatte, stumpf werden lassen. Für einen Moment hat Kora mit dem Gedanken gespielt, den Weg hinunter zum Ort ohne Sven zu gehen, dann aber nicht die erforderliche Entschlusskraft aufgebracht, es auch wirklich zu tun.
So ist sie statt dessen zum Wald hinüber gelaufen und hat Reisig gesammelt. Zwei mal hat sie den Weg zurückgelegt, auch ein paar größere Äste hat sie gefunden, und danach den Herd in der Küche angefeuert. Das Holz war nass und

wollte zunächst nicht brennen. Erst, als Kora einen zuvor in Diesel getränkten Lappen darunter gelegt hat, begannen die Flammen, Nahrung anzunehmen.

Gerade, als der Tee fertig ist, hört sie Sven und geht zu ihm hinauf.

"Ich hab schon paar mal gerufen", beschwert sich der. "Hast du mich nicht gehört? Ich hab schon gedacht, du bist ohne mich los."

"Wär ich auch beinahe. Da du sowieso fasten willst ..."

"Ich muss mal pinkeln."

"Dann geh doch", meint Kora.

"Ich kann nicht."

"Und was erwartest du von mir?"

"Bring mir irgendein Gefäß, einen Krug oder so."

Kora holt eine Vase und gibt sie ihm. "Ich mach den Zirkus nicht noch einen Tag mit", informiert sie Sven. "Wenn Vaclav bis Mittag nicht hier ist, reise ich ab."

"Holst du mich dann mit dem Rover?" fragt Sven. "Der hat Allrad."

Kora schüttelt den Kopf. "So 'ne tolle Fahrerin bin ich nicht. Nein, ich habe keine Lust, hier auch noch zu verunglücken. Stell dir vor, der Wagen kommt bei der schönen Aussicht ins Schlittern. Na, dann gute Nacht. Und es gibt ein paar mehr von diesen gefährlichen Ecken, wo es steil in die Tiefe geht."

"Du willst mich hier so liegen lassen?" fragt Sven empört.

"Hab ich das gesagt?" gibt sie ausweichend zurück. "Aber jetzt muss ich irgend was tun. Ich kann einfach nicht mehr nur rumsitzen und warten, verstehst du?"

"Was willst du denn machen?"

"Aufräumen."

Kora räumt in der Tat die Hütte auf. Sie stellt das Geschirr in eine Schüssel und fegt vor den Öfen den Dreck zusammen. Auf dem Weg vom Klo, wohin sie das Kehrblech entleert hat, wandert ihr Blick von der Toten über das Regal, in dem sich einst die Vorräte befunden hatten. Das ist leer. Darunter in der Ecke aber liegt ein kleiner, undefinierbarer Haufen, der ihr Interesse weckt. Sie bückt sich und fasst in Feuchtigkeit. Ein süßlicher Geruch geht davon aus. Es ist ein Säckchen mit verdorbenen Kartoffeln, bisher von allen übersehen.

Nachdem sie ein paar noch nicht verfaulte herausgeklaubt hat, sammelt sie die in der Hütte verstreut umherliegenden Kleidungsstücke ein und sortiert sie nach ihren Besitzern. Bevor sie die Sachen in den Reisetaschen verstaut, sucht sie sie gründlich nach Wertsachen ab. Nicht ohne Erfolg.

Kora muss sich setzen. Sie atmet tief durch und schüttelt stumm den Kopf. Ihre Augen verengen sich zu zwei bösen Schlitzen. Dann aber zieht sie entschlossen ihre Stiefel und den Lammfellmantel an und verlässt die Hütte.

"Kora", ruft Sven von oben. "Wo gehst du hin?"

Kora antwortet nicht.

Ein leichter, ja freundlicher Schneefall setzt ein. Die Flocken verbinden sich mit der angetauten Eisschicht zu einem Brei, auf dem man kaum noch ausgleiten kann. Je länger es schneit, desto besser begehbar wird der Weg.

Kora holt so viel Holz aus dem Wald, wie sie mit einem mal tragen kann. Sie hat den rosa Gürtel von Iris' Bademantel mitgenommen, ihn um das Geäst geschlungen und zieht den Brennstoff hinter sich her.

"Kora", ruft Sven von oben wieder. "Wo warst du?"

Eine Stunde später ist es noch einmal gemütlich geworden in der Hütte. Die Wärme, die der Herd verbreitet, ist bis in die Stube gedrungen und steigt langsam, aber unaufhaltsam in die oberen Räume. Mit ihr zieht ein eigenartiger Geruch.

Sven schnuppert, kommt aber zu keinem Ergebnis. "Kora", ruft er nach unten. "Kora, kochst du etwas?" Da er immer noch keine Antwort bekommt, gibt er Ruhe, zieht sein Bein an und betastet den Fuß. Die Wade spannt und ist heiß. Vorsichtig wickelt Sven die Bandage aus Lakenstoff ab. Es kommt etwas zum Vorschein, das sich nach unten hin nicht, wie es die Anatomie erwarten ließe, verjüngt, sondern ganz im Gegenteil, verdickt. Auf Höhe des Knöchels befindet sich eine Art ballonförmiger Klumpen, der erst ganz am Ende, bei den Zehen, wieder in normale Formen zurück findet.

"Kora, ich muss wieder kühlen", ruft Sven.

Nun wird er erhört. Die schlanke blonde Frau mit den kurzen Haaren, die er vor einer Woche zum ersten mal zu Gesicht bekommen hat, bringt ihm den Wassereimer. Sie sieht Sven nicht in die Augen, wirkt auf ihn noch fremder als vor einer Woche. Den Eimer stellt sie neben das Bett.

Sven richtet sich auf und taucht den Fuß in das Wasser. Er wundert sich, dass es nicht zischt. Schmerz verspürt er nicht. Der Eimer läuft über. "Ah, das tut gut", flüstert Sven.

"Hast du was auf dem Herd?" fragt er Kora hinterher.

Die geht schon wieder und antwortet nicht.

"Wir haben doch gar nichts mehr. Was kochst du denn?"

"Ich koche nicht, ich brate", lässt sich Kora von der Treppe her vernehmen.

"Was denn?"

"Lass dich überraschen."

Kora kehrt wenige Minuten später mit einem Teller in der Hand zurück. "Kora war fleißig", sagt sie, nun wieder recht freundlich. "Im Wald hab ich ein verendetes Reh gefunden, und unten in der Kammer sogar noch Kartoffeln. Wer hätte das gedacht."

"Ach, darum warst du so lange weg. Gratuliere. Hast du es hergeschleppt, das Reh?"

"Wo denkst du hin? Was meinst du, was so ein Vieh wiegt. Hab's erst mal liegen lassen und dafür Holz rangeschafft. Dann bin ich noch mal hin mit dem scharfen Messer und hab ein Stück von der Lende rausgeschnitten. Was halt grad so in die Pfanne passt. Nein, nein, iss du mal schön selber, ich hab schon unten."

"Schmeckt irgendwie komisch, nimm's mir nicht übel. Eine Frage nur: Du sagst, dass es verendet war. Hat es vielleicht schon etwas gerochen?"

"Nein, das kommt von dem ranzigen Öl, was ich genommen habe zum Braten – war nicht mehr gut. Das Fleisch ist ganz frisch, kein gestorbenes Fleisch. Wahrscheinlich ist es auch ausgerutscht bei der Glätte, Genick gebrochen oder so."

Sven nickt und isst alles auf. Im letzten Öl auf seinem Teller zerquetscht er die letzte Kartoffel. "Spitze", sagt er, "bist echt ein Schatz."

"Wenn ihr Männer schon nicht für uns Frauen sorgen könnt, dann müssen eure Frauen wenigstens euch satt machen", gibt Kora zum Besten. "Außerdem ist schließlich Sylvester, nicht?"

"Recht hast du", meint Sven und zieht seinen Fuß aus dem Eimer. "Nur der da macht mir noch Sorgen."

"Der Weg ist jetzt begehbar", sagt Kora. "Allerdings kaum für dich."

"Dann geh allein, aber schick mir Hilfe hoch", schlägt Sven vor.

"Mal sehen. Ich gebe Herrn Vaclav noch genau eine Stunde. Wenn er dann nicht da ist, geh ich los", beschließt sie und legt sich auf ihr Bett. "Bis dahin Mittagsschlaf", sagt Kora, deckt sich zu und dreht sich schweigend zur Wand.

Svens entwöhnter Magen wehrt sich schon bald gegen die fette Mahlzeit. Ihm wird übel. Für einen Augenblick erwägt er, sich in den Eimer zu übergeben, in dem er zuvor seinen Fuß gekühlt hat. Dann aber ist es ihm doch peinlich, Kora auf diese Weise zu wecken. Vorsichtig steht er auf, beinahe zeitlupenhaft langsam stützt er sich ab und versucht einen Humpelschritt mit dem gesunden Fuß. Das andere Bein lässt er angewinkelt. Die Treppe hinunter geht es ganz gut, da Sven sich am Geländer abstützen kann. Für den weiteren Weg zum Klo sucht er Halt an Tischen und Schränken oder hüpft auf einem Bein.

Nachdem er sich erbrochen und die Toilettentür hinter sich geschlossen hat, wirft er wie zufällig einen Blick hinab auf den Boden – dahin, wo Iris liegt.

Erst, als er sich abwendet, begreift er, was er gesehen hat. Noch einmal sieht er hin und starrt mit geweiteten Pupillen auf den nackten Po seiner Frau. Slip und Jeans sind zwei, drei Handbreit heruntergezogen. Der Anblick an sich wäre irgendwie sexy, wäre da nicht ... Sven würgt und erbricht sich ein zweites mal, nun direkt auf die Diele, genau neben das geschliffene Küchenmesser mit der scharfen Spitze, das da noch liegt.

Kora hat die spitzeren Brüste, aber deine Iris den geileren Arsch, hört er Matze raunen.

Die Schnittwunde ist großflächig, viereckig. Was halt so in die Pfanne passt, hört er Kora sagen.

Sven flieht, den Schmerz in seinem Fuß nicht zur Kenntnis nehmend, durch die Küche in die Stube. Er ist wie betäubt, lässt sich in den Zweisitzer fallen und ringt nach Luft. Sein Blick fällt auf die gepackten Reisetaschen. Als er nach einer greifen will, bemerkt er, dass er das Messer mitgenommen hat. Angeekelt lässt er es zu Boden fallen und zieht sich die erste Tasche heran. Es ist die mit seinen eigenen Sachen. Wie wild beginnt er zu wühlen.

"Suchst du was bestimmtes?" fragt Kora, die urplötzlich hinter ihm steht, mit eiskalter Stimme.

"Wo ist der Brustbeutel?" schreit Sven.

"Was denn für ein Brustbeutel?" fragt Kora. "Besitzt wohl auch so einen Brustbeutel? Den hier vielleicht?" Sie holt das lederne Säckchen aus ihrer Hosentasche hervor. "Ist deiner, ja? War in deinem Anorak, ist also deiner. Ist ja auch dein Schuldschein drin! Du bist ein Mörder, ich hab das die ganze Zeit geahnt, du hast den Matze umgebracht!"

"Das stimmt nicht", wehrt sich Sven verzweifelt. "Das sieht jetzt so aus, aber das stimmt nicht. Es war nicht so."

"Du hast ihn umgebracht, das ist jetzt klar. Da gibt's nichts mehr, was du dagegen sagen könntest. Und dafür kommst du in Bau, das schwör ich dir."

"Kora, glaub mir, hör mir bitte zu ..."

"Aber Knast ist zu wenig für dich. Da hab ich mir noch eine andere Strafe ausgedacht, die wirst du dein Leben lang nicht vergessen."

"Kora, bitte ..." jammert Sven.

"Zur Strafe durftest du den Arsch deiner Alten fressen, du mieses Schwein. Na, hat dir die Lende geschmeckt? Arsch a la Iris war das – ha ha!"

"Matthias ist abgestürzt. Von allein abgestürzt."

"Wie der fette Hintern deiner Alten dir geschmeckt hat, will ich wissen", beharrt Kora auf ihrer Frage.

"Matthias ist ausgerutscht und von selber abgestürzt."

"Ach ja? Und zuvor hat er dir den Brustbeutel geschenkt, ganz einfach so, ja?" wird sie lauter. "Ganz freiwillig. Und auch das Lederband hat er selber zerrissen, damit es schön schnell geht, was? Da hat niemand dran gerissen, da gab's kein Streit oder Kampf, alles friedlich, ja?"

"Hör mir zu, bitte."

"Du hast ihn dir mal eben geborgt, falls der Matze abstürzt, damit er in guten Händen ist, dieser Brustbeutel – und der Wechsel natürlich. Das Lederband hast du hinterher aus Versehen zerrissen. Oder ganz anders: Das Band ist von alleine zerrissen, darum hat der Matze den Beutel verloren. Und als er dummerweise abgestürzt ist, hast du den Beutel zufällig im Schnee gefunden. Nein, noch anders: Als er aus Versehen gestürzt ist, wolltest du ihn retten und festhalten, konntest aber leider nur noch das Beutelchen greifen."

"Nein, so war es nicht", antwortet Sven entwaffnend leise. "Ich bin noch mal runter geklettert. Ich dachte, ich könnt' ihm vielleicht noch helfen. Ich hab ihn nämlich unten liegen sehn, er war nicht verschüttet im Schnee."

"Das hast du uns aber erzählt!" schreit Kora nun.

"Das habe ich erzählt, ja. Aber es war anders. Als ich ihn

liegen sah, als ich wusste, dass er tot war, da hab ich mir diesen Brustbeutel genommen. Ich wollte den Schuldschein, dass keiner auf die Idee kommt, ich hätte ein Motiv gehabt, ihn umzubringen. Könnte man ja denken. Wenn der Fall untersucht wird, und die finden den Schein, dann wär ich dran gewesen. Ich hab den Knoten nicht aufbekommen mit meinen Fingern, die waren vor Kälte ganz taub. Da hab ich einfach gerissen."

"Das glaubt dir keine Sau", stößt Kora keuchend hervor. "Und ich schon gar nicht. Ich bring dich hinter Gitter."

"Und du", erwidert Sven erregt, "was ist mit dir? Muss ich dir etwa glauben, dass du nichts mit Iris' Tod zu tun hast? Muss ich auch nicht. Wie wär's, wenn ich behaupte, ich hätte euch beobachtet, ich sei gerade dazugekommen, als du sie in die Maschine gestoßen hast? Wär auch nicht so toll für dich!"

Kora hebt das Messer auf, nimmt ein Papiertaschentuch und wischt es sauber. "Bevor du solche Märchen erzählst, die dir sowieso keiner glaubt, bin ich bei der Polizei", sagt sie ruhig, beinahe nachdenklich. "Ich erzähl denen, was wirklich war. Und das, mein Lieber, wird glaubhaft sein. Und weißt du auch, warum? Weil eins zum anderen passt, weil es ein Bild ergibt. Weil du zwei Motive hattest, die beiden umzubringen. Weil du den Schuldschein wolltest, und weil deine Frau nicht auf deiner Seite stand. Sie hatte nicht dir, sondern Matthias beigestanden. Die beiden haben miteinander gevögelt, und das wird sich im Labor noch nachweisen lassen, denn die Leichen liegen beide schön kühl. Du warst rasend vor Eifersucht, das kann ich bestätigen. Zuerst bringst du deinen Feind um, der den Schuldschein hat, und der deine Frau auf seine Seite gezogen hat, danach kommt es zum Streit mit ihr, weil sie dich verpfeifen will. Ich hab es gesehen, wie du sie in die Maschine geschubst hast. Leider gab es dafür eine Zeugin – nämlich mich. Deshalb bist du mit dem Messer", sie hält es ihm vor die Nase "auch noch auf mich los. Aber ich kann gerade noch wegrennen ..."

"Kannst du nicht", sagt Sven, reißt ihr das gut geschliffene Stahl aus der Hand und rammt es von unten kraftvoll in die Stelle, an der normalerweise das Herz sitzt. Es dringt, ohne auf viel Widerstand zu treffen, bis zum Schaft durch Pullover und Brust an sein Ziel.

Kora schreit, bäumt sich auf und sackt mit geweiteten Augen in Svens Arme. Er staunt, wie weit Kora ihre sowieso schon großen Augen zusätzlich aufreißen kann.

Sven weint etwa drei Minuten. Dann überlegt er, was zu tun ist. Zunächst verbrennt er den Schuldschein, dann reißt er die gedrechselten Holme der Rückenlehne von einem der letzten beiden Stühle so weit auseinander, dass er die etwas schmaleren Querstreben aus ihrer Verleimung ziehen kann. Es sind drei. Er schleppt sich sodann wieder hinauf in das Schlafzimmer, nimmt die Bandage und legt seinem Fuß, die Streben als Schienen nutzend, einen stabilen Verband an. Den umwickelt ihn, so fest er es vermag, mit den Streifen, die Kora ihm aus dem Bettlaken gerissen hat und versucht, vorsichtig aufzutreten. Der Fuß schmerzt noch fast genau so wie zuvor, aber Sven presst die Zähne aufeinander und beschließt, sich nicht darum zu scheren.

Unter Aufbietung aller Kräfte schleift er Kora in Richtung Kammer. Kurz vor dem Ziel macht er Halt, holt einen nassen Lappen und wischt zunächst sein Erbrochenes auf. Dann zieht er Iris Slip und Jeans wieder über ihr Gesäß, schleift Kora neben sie, zieht ihr das spitze Küchenmesser aus der Brust und will es Iris in die Hand drücken.

Iris Finger aber sind starr und halten das Messer nicht fest. "Nun mach schon, Iris", flüstert Sven. "Du konntest sie doch nicht leiden. Die wollte mich in den Knast bringen, die miese Schlange. Da wär der Lütte ganz allein gewesen, das wär dir ja auch nicht recht, stimmt's? Da hättest du das auch getan, oder? Du hättest doch zugestochen, oder? Und ohne die da würdest du bestimmt noch leben – also, bitte, nun halt schon fest, Iris."

Doch Iris gehorcht ihm nicht. So befeuchtet er ihre Finger mit Blut aus Koras Wunde, fabriziert die Abdrücke auf das Tatwerkzeug und legt es auf den Boden. "Tschüss, Iris", sagt er trocken. "Und wenn man dich fragt bei der Obduktion, wer das war mit deinem Po, dann schieb es ruhig auf mich. Ich werde sagen, ich kann mich an nichts erinnern, ich habe, als ich euch so liegen sah, für eine Zeit den Verstand verloren. Da wird dann schon einer irgend so'n Gutachten machen, dass ich zeitweise nicht voll da war. Das ist doch heute üblich so in dieser Welt. Da darf doch jeder machen, was er will, Hauptsache, er stand grad mal unter Schock und war eben mal nicht ganz zurechnungsfähig oder besoffen. Du ahnst ja gar nicht, Iris, mein liebster Schatz, wie furchtbar doll mir der Fuß weh tut", fügt er hinzu und beginnt, sich hemmungslos auszuheulen.

Eine Stunde später hat Sven die wichtigsten Dokumente, sein Geld und die Autoschlüssel an sich genommen, sich selbst, so gut es ging, angekleidet und den Klumpfuß mit zwei Schals umwickelt.

Es hat den ganzen Vormittag über schwach geschneit, so dass der Boden die nötige Gleitfähigkeit besitzt, um das Snowboard zu bewegen, sofern man mit den Händen etwas nachhilft. Sven legt ein Kissen ganz hinten auf das Brett, setzt sich darauf und hebt seinen verletzten Fuß behutsam vorn obenauf.

"Mal nicht so hastig, Freund", sagt Matthias von oben herab.

Sven schaut auf und traut seinen Augen nicht. Das ist nicht die Stimme, die aus der Ferne etwas von spitzer Brust und geilem Arsch säuselt, das ist Matthias selbst.

"Wo soll es denn hingehen so ganz alleine?"

"Matze, ich denke ..."

"Dass ich tot bin? Spar dir deine Ausreden, Ossi. Du hast doch nur mein Geld gewollt. Wo ist der Wechsel?" fragt er scharf und deutet auf seine Brust.

"Matze, du hast nicht mehr geatmet, du warst doch tot. Ich kann nichts dafür, ich hab dich nicht gestoßen ..."

"Gesundstoßen willst du dich an mir. Feiner Freund. Lässt den Kameraden einfach so liegen, wenn's ihm dreckig geht. Statt zu helfen, klaut er den Wechsel. Womit hab ich'n das verdient, was? Hab ich dir nicht aus der Scheiße geholfen, du Arsch?"

"Matze, wirklich. Ich dachte, du bist tot. Da wollte ich nicht, dass die Polizei auf den Gedanken kommt, ich wäre schuld. Und so ein Schuldschein, das ist doch was, das ist doch wie ein Schuldbeweis – oder? Den musste ich doch mitnehmen." Matthias zieht schniefend die Nase hoch und spuckt aus. "Liegen lassen haste mich", sagt er beleidigt. "Das nehm' ich dir übel. Biste 'n Arzt, dass du einschätzen kannst, ob ich tot